YOUNG AGE小說鮮視界！

YA!

青春滿點！活力滿載！好看滿分！

都市冒險王

進攻！終極RPG

勇嶺薰◎著
西炯子◎圖
李慧珍◎譯

都会のトム&ソーヤ

5 上

目錄

前情提要……004
有點長的OPENING……011
第一部　遊戲開始前……031
01……032
02……042
03……053
04……076
05……093

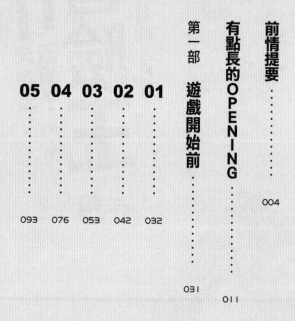

番外章之一　卓也、憤怒的鐵拳……117
第二部　遊戲開始……135
01……136
02……148
03……174
04……186
05……195
後記……220

給忘記之前故事的讀者，一到四集的前情提要。

內人（以下簡稱內）：「《都市冒險王》不知不覺中已經第五集了……」
創也（以下簡稱創）：「感觸良多喔。」
內人翻開第一集。
內：「這一集讓我想起，剛認識你不久，就被帶到下水道。」
創：「你說野餐嗎？」
內：「……」
內人欲言又止，創也卻假裝沒看到。
內人翻開第二集。
內：「這一集我們擅自闖進打烊後的百貨公司。」
創：「那個鬼抓人的遊戲真好玩。」
兩人的背後，卓也打扮成節分祭（立春前一天）的鬼模樣。
內：「和栗井榮太一行人變成敵對關係，是誰幹的好事？」

創：「每個人的信仰不同，很難溝通。」

內：「……」

面對聳肩的創也，內人心中的怒氣越來越高漲。

內人翻開第三集。

內：「這一集和頭腦集團的關係也惡化……」

創：「談到那個，我倒希望說說保護小情侶的事情。」

無視內人說的話，創也逕自打起保齡球。

卓也在兩人背後舉起標語牌，上面寫著「也有我當主角的篇章」。

內人繼續翻開第四集。

內：「第四集中，特別附錄的漫畫廣受讀者好評。」

創：「大部分的讀者可能記不得本文寫什麼。」

內：「我想起來了，因為你，害我蹺掉馬拉松大賽。」

創：「在那之前，你要不要講講小仙女的事情？」

內：「……。」

內人一言不發把書放下。卓也則在後面練習保母拳。

內人清清喉嚨。

內：「經過以上的重點整理之後，大家可以看得出來，本系列的故事的主軸就是我幫助莽撞的創也度過危機。」

內人穿著哆啦A夢的玩偶服。

創：「換言之，就是我立志成為電玩創作者，充滿愛與感動的故事。」

創也將整個故事美化了百分之一百二十。而他臉上酒紅色的鏡框，不知何時已被黑色圓鏡框取代。

內：「不管如何換句話說，也不會是那樣的故事！」

創：「有那麼嚴重嗎？幹嘛那麼計較？」

推開互相瞪視的內人和創也，卓也說出他的意見。

卓也：「這是我為了成為保母，而通過無數試煉的故事。」

在他背後，栗井榮太一行人、堀越美晴、真田女史、腦內助理直子小姐、堀越導播和二十六位有趣的部下（也就是配角們），紛紛跳出來抒發自己的意見。

唉唉，沒完沒了……

人物介紹

龍王創也

內人的同班同學，成績十分優秀，號稱學校創校以來的第一個天才！身為龍王集團繼承人的他長相俊秀，戴著酒紅色鏡框的眼鏡，給人一種知性的感覺，但個性極度冷淡，在班上總是獨來獨往，是名副其實的獨行俠。

內藤內人

腦袋裡常轉著許多奇怪想法的平凡中學生。他擁有2.0的絕佳視力，但在課業上卻糟糕到不行，因為有個要求超級嚴格的媽媽，只好每天到補習班報到。一次偶然的機會，居然看見在大街上平空消失的創也，也成為兩人熟識的契機。

崛越隆文

創也與內人同班同學崛越美晴的父親，在日本電視台從事導播的工作。

堀越美晴

內人和創也的同班同學，也是內人偷偷暗戀的對象，可是美晴喜歡的似乎是創也。

神宮寺直人

外表瀟灑倜儻，是栗井榮太集團的一員。

二階堂卓也

龍王創也的保鑣，身穿黑色的西裝，開著一輛黑色的休旅車，是個做事風格很神祕的年輕男子。

鷲尾麗亞

是栗井榮太集團的一員，現實中則是一名小有名氣的美豔女冒險作家。

柳川博行

參與尋找「咆哮口紅」遊戲的參賽者，目前身分是美術大學的學生，擅長料理。

茱莉亞

天才電腦神童，是朱利爾的另外一個分身，也是栗井榮太集團的一員。

朱利爾·華納

天才電腦神童，希望挑戰創也和內人，製作出最厲害的終極ＲＰＧ。

是否開始遊戲？
開啟新遊戲
↓接續上回

請放入《都市冒險王①》與《都市冒險王②》及《都市冒險王③》及《都市冒險王④》的資料。

是否開始遊戲？
↓開啟新遊戲
接續上回

《都市冒險王⑤》資料讀取中

有點長的
OPENING

碰碰！

槍聲響起的瞬間，我的身體立即起了反應。

沒有時間思考。

槍林彈雨中我壓低身體，盡可能貼近地板。飛越櫃檯，躲在下面。

我伸手摸了摸頭，我的高帽子開了個食指般大小的洞。

「……」

這是什麼情形啊？

此時，

「啊，太慢了。」

是創也。和我一樣戴著寬邊高呢帽的創也，微笑地看著我。

「創也！給我說清楚！為什麼我們會被追殺？」

這時，創也歪著頭。

「你發音怪怪的喔。我的名字不是SOYA（創也的日文發音），是索耶，索耶．卡西迪（Sawyer Cassidy）。」

「……」

槍聲劃破沉默。

架子上的玻璃瓶，一個接著一個破了。

我一邊護著頭，避免被玻璃碎片割傷，一邊問：

「該不會我的名字不是內人？」

「這種狀況下還能開玩笑，不愧是透姆·齊德（Tom Kidd）。」

……原來我叫透姆·齊德。

看看我的腳，一雙大長靴，腰上繫著一條腰帶及一把手槍。我拿起手槍問：

「……這什麼？」

「軍用科特手槍，容彈量六發，口徑四十五毫米，西部拓荒時代許多鎗客使用的手槍。」

沒問你這個，不過我已經確定這是一把不折不扣的槍。

所以說，這是西部拓荒時代囉？我總算知道身上的裝扮及手槍是怎麼回事。

哈哈哈哈哈……

這是夢，而且還是噩夢。

「既然是夢的話，弄個秘密道具出來吧。」

索耶居然還說這種風涼話。

好，等一下再回頭揍這傢伙，現在最緊要的是如何應付眼前的狀況……

無數發子彈從我頭上掠過。但如果是夢，為什麼狀況如此緊迫？

「其實狀況很簡單，」

索耶得意地說：

「歌后鎂情小姐被惡棍『力景容泰』一家強行帶走，我們來解救她。」

此時，又傳來一陣激烈的槍聲。

「我有問題。」

木屑及玻璃四處亂飛，我護著頭問：

「為什麼我們來救人卻遇到這種事？」

「因為我站在『力景容泰』一家喝酒的酒吧門前嗆聲，說要光明正大地走進去。」

「……我沒有反對嗎？」

「當然有。可是，俗話說：『出其不意是兵法的基礎』，我走進來，你雖然一臉驚訝，卻也跟了進去。」

是嗎……所以才有那樣的開場……

「讓我說一句話。」

我深深吸一口氣，以不輸給槍聲的聲音說：

「索耶你這個大笨蛋！」

「你不覺得出其不意很重要嗎？」

「跟敵人比起來，你先出乎自己同伴的意料之外，是怎樣！」

「有句話說：『出其不意首先從同伴開始』。」

「那是『要瞞過敵人，首先得瞞過同伴』！」

索耶稍微想一下句子，然後拍了一下手，露出一副「對喔」的表情。

「因為很像，所以我搞錯了啦。」

槍聲蓋過索耶的聲音。

唉，果然不應該和這個笨蛋一起行動……

「你說要光明正大走進去，是不是有什麼作戰計畫？」

索耶以笑容和聳肩代替回答，看著他臉上天真爛漫的笑容，我就知道他一定沒有計畫。

我搔搔頭說：

「做任何事前先想想下一步！」

此起彼落地槍聲中，他聽得見我的聲音嗎？

「每次都是因為你，才會遇到這種事！」

唉，即使抱怨也無濟於事。不過要是死了，連抱怨也沒辦法，只能趁還活著的時候趕快想點辦法……

我看著手中的槍。沉甸甸地，感覺一扣扳機就會發出相當威力。

然而……

我想起奶奶教過的事情。

「人類，對於不熟悉的武器，最好別碰。刀劍無眼，不只對手，連自己也會遭殃。」

……奶奶說的沒錯。

我把槍丟出櫃檯。

「哇！你在想什麼啊！」

索耶吼我。但我也想說：「你沒資格說我」！

「這個不錯。」

我指著櫃檯裡放置的麵粉袋。一袋、兩袋……全部有四袋。

「我有這些就行了。」

這時索耶點頭。

「原來如此。把麵粉胡亂灑，煙霧瀰漫中乘機逃走。」

……有點不一樣，不過如果能那樣和平地結束，當然再好不過。

我們各拿著兩袋麵粉。

看準槍聲的間隔，將麵粉袋往空中扔。

鎗客「力景容泰」一家早已習慣。不論是會動的東西，或發出聲音的，全都反射性地開槍。

數發子彈打在麵粉袋上。

噗、噗！

麵粉袋裂開，麵粉像雪一般飛舞。瀰漫在空中的麵粉，有如霧一般遮蔽視線。

「趁現在！」

我和索耶跳出櫃檯，目標酒吧門口。

差點到達推門時，

「不要動！」

耳邊響起扣扳機的聲音。

這個聲音來自「力景容泰」一家的首領——神．功巳。

我和索耶緩緩將雙手舉高。

「不知死活的傢伙。拜你們之賜，唯一的好衣服全是麵粉啦。」

一如他所說，他身上筆挺的外套變得一片粉白。

我問：

「鎂情小姐怎樣了？」

「放心。既然已經誘出你們，她也沒有用處。」

「力景容泰」一家的成員將雙手反綁在背後的鎂情小姐帶出來。

「索耶！透姆！」

她看著我們大喊。我小聲地對索耶說：

「她先叫你耶。」

「都什麼情況，還在意這種小事……」

索耶一臉驚訝地看著我。但我並不這麼認為。

我們三人被押到牆邊。

白色煙霧中，仍然感覺得到有好幾把手槍對著我們。

「該是進貢的時候。」

神．功巳邪惡地笑了起來。

——美國也有年貢這種東西嗎……？

現在不是想那些的時候。

我低聲地對索耶和鎂情小姐說：

「再過幾秒，會有玻璃碎裂聲，到時候記得掩住耳朵趴下來。」

我離開櫃檯前，動了點手腳。將打開的酒瓶倒放在架子上，下面有個玻璃杯接。那個玻璃杯就放在櫃檯邊緣。

酒瓶裡的威士忌慢慢倒進玻璃杯中，超過一定的量後，玻璃杯會從櫃檯邊掉下去而破掉。

聽到那個聲音，「力景容泰」一家的成員肯定會朝聲音的方向射擊。
「乖乖束手就擒吧。」
神．功巳話才說完，鏗！——是玻璃破掉的聲音。
跟我想的一樣，槍口一齊對準聲音的方向。
「趴下！」
我喊。
槍聲響起的瞬間，比它大上數十倍的爆炸聲響起。
酒吧被摧毀。倒下來的木材壓在我們身上。
「索耶、鎂情小姐，你們活著嗎？」
一邊撥開木材，我站起來。
然後我聽到身旁傳來一個聲音：
「我沒事。」
是鎂情小姐。我趕緊把她扶起來。
太好了，連她都沒事，那就沒有問題了。
這時，有隻手從瓦礫下伸出來，抓住我的衣領。
會做這種沒禮貌動作的人，一定是索耶。

「你為什麼沒先說要使用粉塵爆炸？」

索耶的眼睛冒出熊熊怒火。還很有活力嘛，看來不用擔心了。

我側著頭問：

「粉塵爆炸，什麼東東？」

「像剛剛那樣，一定濃度的粉塵浮游在空氣中，遇到火花就會引起爆炸，稱之為粉塵爆炸……你是在不知道的情況下使用的嗎？」

我點頭。

索耶縮縮肩膀。

「也罷，反正得救了。」

沒錯。很難得會想附和索耶的話。

我們正準備回去時，發出一陣聲響。

瓦礫下一隻舉槍的手伸出來。而且，槍口對準索耶。

我才想，莫非目標是索耶……

「危險！」

鎂情小姐突然飛奔到索耶前面，替他擋住槍口。

「哇！更危險！」

一邊大叫，我的身體也動了起來。

碰碰！

槍聲響起的同時，胸口遭受如同烙印一般的衝擊。

在我倒地，臉頰撞到地面時，我才意識到原來自己已經中槍了。

「我先到地獄等你，不見不散……」

瓦礫下傳來神．功巳的聲音，仍在冒煙的手槍從他手中滑落。

「透姆，你不要緊吧？」

索耶抱著我，但我比較想讓鎂情小姐抱。雖然很想這麼說，我卻無法開口。

「你居然為了救我，自己卻……」

淚水從索耶的雙眼滾落。喂！你搞錯了，我要救的不是你，是鎂情小姐！

我想看看鎂情小姐，無奈眼睛卻睜不開，沒想到撐開眼皮竟如此費力。

「起來！給我起來，透姆！」

啪啪啪，他不停拍打我的臉頰，毫不留情地打，痛死人了。是我想太多嗎？怎麼覺得臉比中彈的地方還痛？而且，這是對死者該有的態度嗎？

這傢伙，到最後都不放過我……

「——該起來了。」

張開眼睛，索耶的臉近在眼前。

咦，這是哪裡？

感覺臉頰隱隱作痛。

「好過分喔，索耶．卡西迪……」

我按著臉頰。

索耶聳肩。然後，不帶感情地說：

「既然你已經醒了，那我想要請教一下，你到底做了什麼夢？」

我環顧四周。

狹窄的房間，被雜亂的物品佔據。

書桌上有數台電腦，螢幕保護程式在幾台螢幕上閃爍。

牆邊是堆積如山的雜誌、舊報紙、一些舊書。特別整理過的架子上，整齊排放著紅茶罐。

——嗯，這裡是城堡。

腦袋終於清醒一點了。

「第一個問題，我是誰？」

「創也——龍王創也。」

「正確答案。」

創也將水壺放上可攜式瓦斯爐，點火。

「那你知道自己的名字吧？」

「知道啊，內藤內人——到處可見的普通國中生。」

「……不是很正確，不過算了。」

當我說到「普通」兩個字，創也皺了皺眉頭。

「再來，你認為我是怎樣的人？」

「龍王家的繼承人，號稱本校創校以來第一位天才，但實際上是個莽撞的大笨蛋。」

創也冷冷地說，端著自己的茶杯坐在椅子上。

「……要喝紅茶自己泡。」

「好啦，你做了什麼夢，跟我說說吧。」

雖然他語氣和緩，可是感覺像被警察問話。

怎麼辦才好……

若老實說出夢的內容，搞不好會被趕出城堡。心胸狹窄的傢伙，因為一點小事就不幫我泡紅茶。

好！捏造一個以創也為主角的夢吧。

我開口：

「那是個關於宇宙戰爭的夢，你在裡面可厲害了……」

接著是我隨便亂編的故事。

數分鐘後……

「嗯……」

我覺得創也的表情變得較溫和。

這也難怪。現在，我所說的夢的內容，是龍王創也主演的豪華鉅片。

「A long time ago in a galaxyar,far away❶……」

我說的是，在遙遠彼方的銀河系展開的冒險動作片。

索耶．天行者前往拯救強行被帶走的公主，一邊協助絆手絆腳的夥伴（雖然不情願，但我也只能這麼說），一邊打倒破壞宇宙和平的多茲．力景容泰的故事。

「真感謝你讓我在這種美夢中登場。」

創也放下茶杯。也許是心理作用吧，覺得他的笑容很溫暖。

❶電影「星際大戰」的開場白。

「有幾個問題想問，可以嗎？」

「請、請。」

我興奮地等待創也替我泡紅茶。

但是，創也卻沒站起來。相反地，用非常冷漠的聲音說：

「你現在說的夢的內容，跟剛才你睡著時所說的『索耶你這個大笨蛋！』『做任何事前先想想下一步！』『每次都是因為你，才會遇到這種事！』，完全無法連結。」

「……」

不知不覺中，汗水流過我的臉頰。

我清清喉嚨問：

「我說過那些夢話？」

「嗯。」

創也點頭。

「那你生氣了？」

「嗯。」

再次點頭。

「幫我……泡杯紅茶？」

「不要。」

這次，創也搖頭。

我終於理解蟾蜍被鏡子包圍❷時的心情。

或是，如坐針氈的感覺……

讀到這裡，不曉得你對我和創也了解多少？

因為聽到許多讀者搖頭的聲音，我再詳細說明一下。

創也很聰明，這點剛剛提過了，不僅如此，他長得帥、家裡又有錢——也就是說，十分受女生歡迎。

而且，創也有個夢想。

他要創作出超越所謂四大電玩的遊戲。

對，那傢伙的腦袋已經完全被夢想支配。他自顧自地朝著夢想前進，即使深陷危險也不自知。

例如去下水道探險的時候……

還有潛入深夜的百貨公司時也是……

❷蟾蜍看見鏡子裡自己醜陋的模樣，便會感到害怕，身體還會冒出油汗。

我們所遭遇的危險狀況，即使現在也還不能一笑置之。除了和傳說中的電玩創作者變成敵對關係，還被謎樣的組織「頭腦集團」盯上……

如果那小子能懂得「未雨綢繆」或「善體人意」，就不會發生這些事情。然而最不幸的是，似乎有條隱形的繩索，將我和創也的腳繫在一起，切都切不斷。所以，若創也這隻「飛蛾」想都不想地撲向火，連我都要被燒。

為了從困境中逃生，動用所有知識和技術的人，一直都是我。唉……我最近開始長鬍子，有點擔心，希望不要長出哆啦A夢那種三根鬍鬚。

創也做了那些荒謬的事，還能活到現在，都是拜我所賜。話說回來，假如沒有我，他應該也平安無事。怎麼說呢？因為有卓也在。

卓也——二階堂卓也，是創也的保鑣，同時扮演監視的角色，總是「溫暖」地守護著創也；只要妨礙他工作的人，不管是誰都要剷除。他的興趣，就是閱讀《轉職就是天職！》情報誌。（補充說明，卓也的夢想是成為保母）。

還有非介紹不可的，傳說中的電玩創作者——栗井榮太一行人。

栗井榮太是繼「咆哮口紅」之後，最有可能創作出第六大電玩的遊戲創作者。為什麼創也和栗井榮太會演變成敵對的關係呢？——如果我抽煙，大概會先吐一口煙，然後說：「……唉，說來話長。」總之，栗井榮太不會忘記被我們嗆聲的怨恨。唉……

再來說說謎樣的組織「頭腦集團」。
所謂頭腦集團，是龍王集團所取的名字，真正的名稱沒有人知道，一個十分神祕的組織。
這次的故事中，他們會登場嗎？（我個人覺得千萬不要……）
只要接受了委託，從寵物的生日趴，到高峰會議會場的綁架事件，任何企劃這個集團都能包辦，而組織內部的實際狀況仍是個謎。
對平凡的國中生來說，這絕對是個相當危險的集團。被頭腦集團盯上的話，皮要繃緊一點，因為組織的成員隨時隨地都可能會出現。
話說回來，為什麼我們會被如此危險地組織盯上呢？——如果我喝酒，大概會搖晃酒杯中的冰塊說：「人生啊，有時候不知道反而比較幸福。」總之，只要創也還沒放棄想知道頭腦集團正式名稱的欲望之前，我們會持續被盯上。唉……
另外，還有日本電視台的堀越導播和二十六位有趣的部下、個性鮮明的同班同學等等不少人想介紹給各位，但我得就此打住了！
再不趕快進入本文，創也又要用陰險的眼神瞪我了。
「你好了嗎？我想趕快推開冒險大門了。」
創也裝模作樣地甩著手中的兩張入場券。
「那兩張入場券是啥？」

「打開冒險大門的鑰匙。」創也笑著回答。

ＯＫ，了解。如果那是「通往地獄的單程車票」，我也拿他沒輒。

只好奉陪囉。

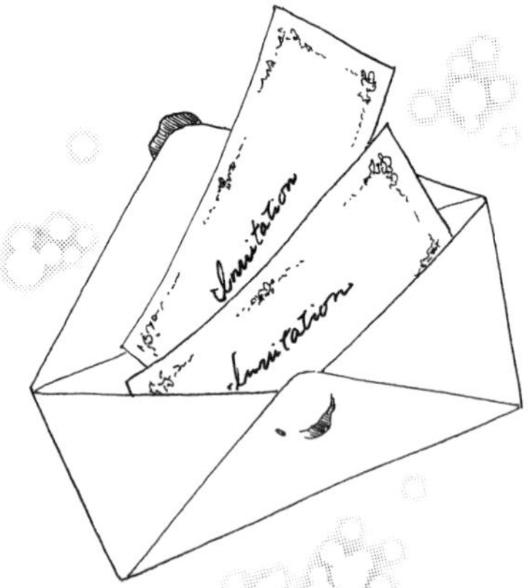

第一部

遊戲開始前

01

……好平靜喔。

這裡是城堡的沙發，我躺著看書。

補習班放假。

我犧牲午睡時間把回家功課寫完。

上一次段考考得不錯，所以買了課外讀物，我媽也沒多說話。

再加上緊接而來的三天連假——太棒了。

「創也，你要不要泡杯好喝的紅茶？」

「……」

對著鍵盤不知在幹嘛的創也沉默地站起來，把寶特瓶的水裝進水壺。

啵咻！——創也點燃瓦斯爐，將不成對的茶杯排好。

我闔上書，坐了起來。

房間裡開始瀰漫大吉嶺的香味。

「感恩。」

創也放下茶杯，我說。

創也嘆了一口氣。

「跟曬太陽的貓比起來，懶洋洋的你真令人受不了。」

什麼話嘛，人總不能一直處於緊張的狀態啊，很快就會彈性疲乏耶，於是，我品嘗了一口紅茶後對創也說：

「偶爾懶洋洋又沒什麼不好。沒有考試，補習班也放假。上天賜給我如此和平的時光，當然要盡情享受啊。」

聽到我說的話後，創也再次嘆息。我不理會他，繼續說：

「創也，這次的三天連假你打算怎麼過？我想在城堡看書或打打電動……」

這時，創也用同情的眼光看我。

「所謂和平，就是『國際關係中，戰爭與戰爭之間，相互欺騙的一段時期』。」

「……你說什麼？」

「安布羅斯．比爾斯說的。」

比爾茲（內人聽錯了）——為什麼會扯到做電腦軟體的人？（「那是比爾．蓋茲！」我在心裡自言自語）

「……什麼意思？」

「和平這種東西只是個幻想，就像到下次戰爭前的準備期間一樣。看到你現在這樣，就讓我聯想那些不知道幾小時後就會被飛彈打死，還愉快地在櫻花樹下跳舞的醉漢。」

「……」

創也的眼神，讓我聯想到觀察土撥鼠的科學家。

「給你看個好東西。」

創也把我帶到電腦前。

螢幕上是寫著各式各樣情報的留言版。

我認真讀起幾則留言：「讓按鈕式紅綠燈迅速變綠燈的秘技」「交換用不到的兒童安全座椅和鯉魚旗」「對付花粉症極有效的民間療法」「讓個性不好的朋友改邪歸正的方法」——創也說的「好東西」，應該是指最後這一則留言吧？

我仔細讀「讓個性不好的朋友改邪歸正的方法」的留言：不能堅持己見否定對方個性不好。首先要讓本人察覺到自己個性不好——原來如此，上了寶貴的一課。

「怎樣？」

創也說，我一直盯著螢幕。

「嗯，可以參考參考。不過，你也要改改自己的個性。」

「……什麼意思？」

創也的聲音像乾冰一樣令人覺得涼颼颼的。

我沒說話，用手指著「讓個性不好的朋友改邪歸正的方法」的留言。

一陣沉默過後，創也說：「我叫你看的是這則留言。」

創也他手指著螢幕下方，有個標題是「新情報」的留言：

「終於完成！詳情請看，瞪眼遊戲的4378檔案。只要空了就拿得下來，答案老師知道。（原文為なんかすいてたら落とせるよ，答えは先生が知ってるからね。）」

——什麼跟什麼啊，這則留言是怎麼回事？

留言的人，暱稱為「栗」。沒有其他線索。

創也對我說：「相同的留言散佈在各個留言版，超過一百則。」

「嗯……」

沒什麼興趣。比起這種摸不著頭緒的留言，還是「讓個性不好的朋友改邪歸正的方法」比較吸引我。

這時，創也一副傷腦筋模樣地聳聳肩，說：

「這是栗井榮太的留言。」

啥？

話題展開得太快，我跟不上。

「等一下，創也。從『栗』這個暱稱，你就斷定是栗井榮太的留言，不會太言之過早？」

「我說的沒有錯，已經確認過檔案。」

檔案？對喔，留言裡的確提到「瞪眼遊戲的4378檔案」……

「這個『瞪眼遊戲的4378檔案』是什麼？」

創也再次聳肩。

「上傳頁面，知道嗎？」

「上傳檔案專用的網頁，當然知道啊。」

創也點頭。

「『瞪眼遊戲』，是那些上傳頁面其中之一。」

「原來如此。所以，『瞪眼遊戲的4378檔案』就是上傳頁面『瞪眼遊戲』的4378號檔案。」

創也點頭。

「你到那個上傳頁面，下載檔案看看。」

我照著創也的指示，操作滑鼠和鍵盤。

首先到搜尋引擎，輸入「瞪眼遊戲上傳頁面」，搜尋結果第一個就出現「瞪眼遊戲」的網址。點了網址，進入「瞪眼遊戲」。

一進入網頁，螢幕上就跳出眼睛和鼻子的部分飛來飛去的笑福面動畫，還傳出「來玩瞪眼遊戲，啊噗噗！」的聲音。我怎麼覺得好累……

我從上傳的檔案當中，找到4378號檔案。

「太簡單了。」我忍不住有些自大地說。

創也別開臉，大概又不想認同我了。

好，來下載吧。我按下4378號的下載按鈕。

「咦？」

畫面出現「請輸入密碼」的訊息。

「創也，不能下載。」

創也不發一語。看著我微笑。

我再看一次留言。「只要空了就拿得下來」。

「我知道了，因為參觀網站的人太多，所以不能下載。」

我說，創也搖搖頭，然後從旁邊伸出手來敲鍵盤，說：

「UYTREWQ——這是密碼。」

「……為什麼那樣？」

「答案寫得很清楚，你仔細看看鍵盤。」

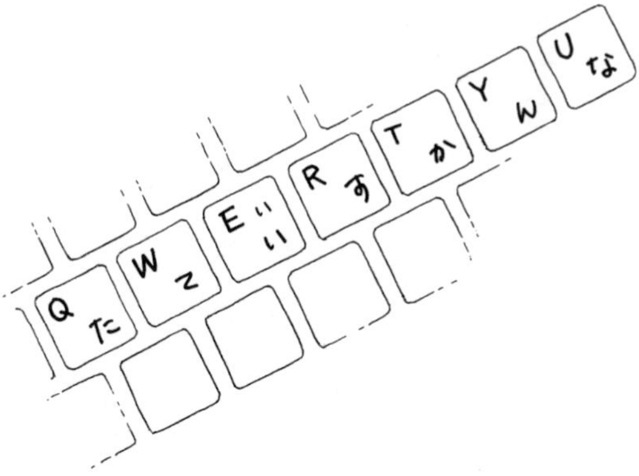

聽創也的話，我看著鍵盤。我看得出來ＵＹＴＲＥＷＱ這些鍵橫排成一列。……但是，為什麼這是密碼？我不懂。

「身為人，具備觀察力是很重要的。」

創也一個一個指著鍵，一邊跟我解說。

「『Ｕ』鍵上同時也有平假名的『な』，你試著念念看ＵＹＴＲＥＷＱ這些鍵上的平假名。」

……な、ん、か、す、い、て、た。

「……」

空氣好凝重。

「我可以說一下感想嗎？」我冷冷地看著創也，說：「這個密碼真的很無聊。」

「卻很像栗井榮太的作風不是嗎？」創也微笑著回應。

創也和栗井榮太的品味果然有些雷同的地方。

我輸入密碼下載檔案，將載下來的壓縮檔儲存在桌面。掃毒後，連按兩下滑鼠想打開檔案時

——居然打不開。

「請輸入密碼」——螢幕上出現跟剛才一樣的訊息。我不慌不忙地按下ＵＹＴＲＥＷＱ。

……無法解壓縮。

「為什麼打不開？」我問創也。

「下載檔案跟打開檔案的密碼不同。」創也看著我，露出一副「連這個你都不懂」的表情。

「密碼不同……哪裡有寫？」

「你仔細看留言，上面不是寫『答案老師知道』嗎？『答案』的另一個說法是……？」

「是『解答』……該不會是『解凍（也就是解壓縮，在日文中「解答」與「解凍」發音相同）』吧？」

「That's right!」創也對我豎起大拇指。

……全身無力。

「好吧，那知道解壓縮密碼的老師在哪？」

我問，創也雙手抱胸，回答：

「嗯，我看接下來就算要你自己想，你也想不出個所以然。我來說明，你要抱著感恩的心聽啊。」

我花了好一番工夫才壓抑住痛毆創也的想法。

創也繼續說。

「老師，換個說法就是教師，而教師就是『今日四』（今日四的日文發音為kyousi，與教師的發音相同）。也就是說，將今天的日期以四個數字表現出來的意思。」

「……」

「一月一日的話，就是『0101』，十二月三十一日則為『1231』。補充一下，如果是『今日五』，就在中間加入『／』的符號，例如『12／31』。」

我的臉頰有冷汗流過。創也看到又聳肩。

「我現在說的是關於密碼的入門篇，只能算騙小孩的程度。」

完全不知道……

「可是栗井榮太又不知道我何時下載，今天的日期，真的是密碼嗎？」

「是今天的日期沒錯，不過他指的『今天』是檔案上傳的日子。」

創也從旁邊伸出手指，敲了敲鍵盤，解了壓縮的檔案中，有文件檔和圖片檔。

看著螢幕，創也說：

「文件檔裡寫著：『終極RPG——IN塀戶』已經完成，且將在下個三天連假發表。地點，N縣的塀戶村，栗子民宿。自願參加者請以email聯絡……」

創也操作滑鼠，打開檔案。我也看著文件檔的內容：在客套問候語之後，詳細記載了怎麼去、要帶的東西等等注意事項。（注意事項的最後一項「香蕉算是零食的一種！」解決了大家的疑惑。這個永遠無解的問題，也能如此爽快地給了答案……真不愧是栗井榮太！）

打開圖片檔，內容是一張手繪的地圖。「塀戶村的地圖」這幾個字寫得很美，但地圖本身卻沒那麼好，而且老實說根本就畫得爛死了。地圖角落的署名是「麗亞」，下面還有一排字「印出來好好使用喔！」——原來這張地圖是鷲尾麗亞小姐畫的。

「栗井榮太是想透過網路向全世界傳達，『終極ＲＰＧ——ＩＮ塀戶』已經完成了。」

創也手拿邀請函，是之前朱利爾送來的那張。

「所以，接下來的三天連假我們要去塀戶村。很期待可以玩到『終極ＲＰＧ——ＩＮ塀戶』呢！」

創也微微笑著。我對他伸出兩根手指，說：

「有兩個問題。第一是卓也，要瞞著他偷偷去塀戶村不可能吧？至少我認為絕對不可能。」

「關於這點你不用擔心，我想卓也有卓也的事要忙。」

「另一個問題，三天連假我已經計畫要悠哉地度過……」

「關於這點你也不用擔心。」創也冷漠地回答。

這不算是答案啊……可是，現在跟創也說什麼也沒用。他一心一意要去塀戶村。

以下的文字，我是含著眼淚寫的：

再見了，原本打算懶洋洋浪費掉的三天連假。

希望在塀戶村能平安無事地度過。（可是，和創也一起的話，沒辦法……）

02

從地圖上消失的村落——塀戶村。

出現了購買所有土地的人。

栗井榮太，先是砍伐樹木，溪流上架橋，弄了一條廣闊的道路以利工程車進出。

接下來將廢屋解體。不是整個摧毀，而是小心翼翼地將每個部分收好。

然後，開始到處建設村落。光是建設工程，就花了將近一年的時間。

工程結束後，廢屋回復原狀。剷除柏油路，把原來的樹種回去。溪流上的橋也撤掉。

村子的外觀，看起來沒有任何改變。

不，只有一點。

距離村子有些遠的丘陵上，蓋了一間民宿。

木造的兩層建築，屋頂覆蓋著鍍鋅的銅板，外牆是白色和咖啡紅的磚塊。

玄關掛著一塊看板，上面畫有可愛的栗子圖案。

現在，民宿的餐廳聚集了三個男人和一個女人。

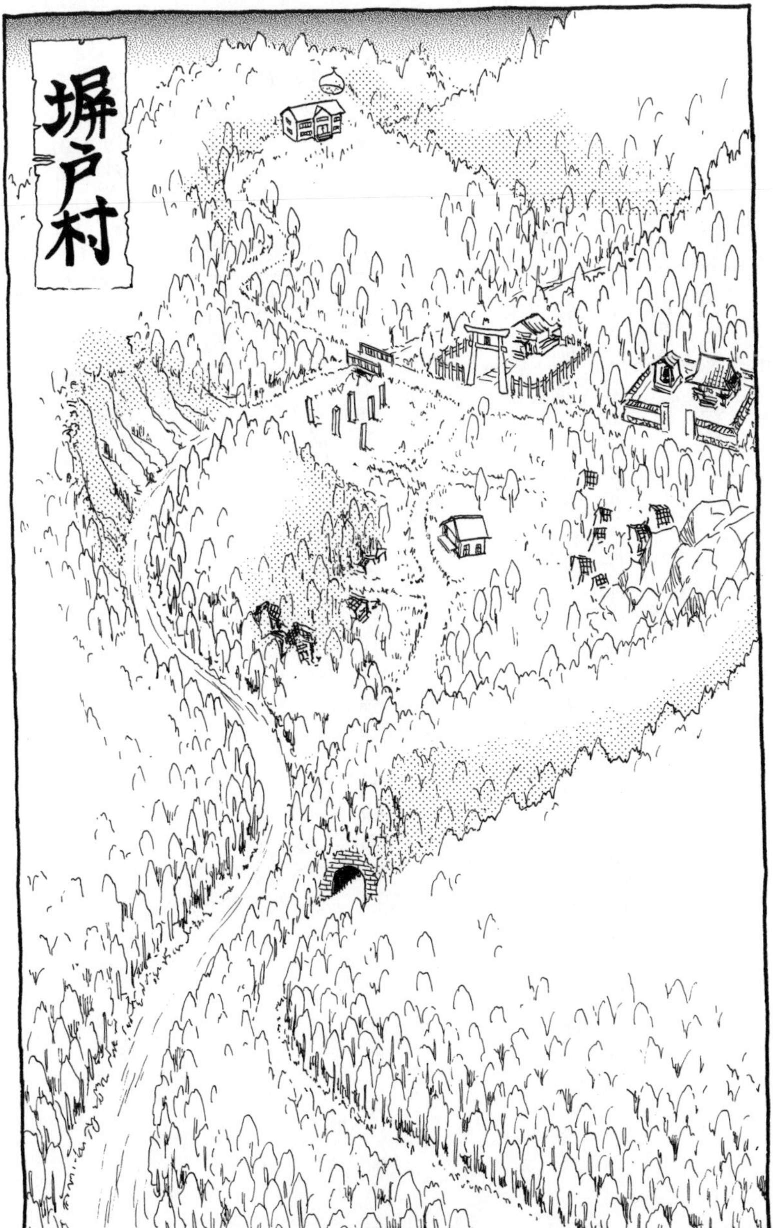
塀戸村

「好長的一段時間。」

三十歲出頭的男人，看著大家說。

蓬鬆的燈籠褲、長袖的高領襯衫、頭上捲條毛巾。

是神宮寺直人。

「大家手上都有飲料嗎？」

確定大家都有飲料後，神宮寺說。

「慶祝『終極ＲＰＧ——ＩＮ塀戶』完成，乾杯！」

只有朱利爾一人附和。金髮藍眼，怎麼看都像外國人，但他不會說英文。而且，朱利爾的國籍是日本。還是小學生的他，捧著一罐咖啡。

旁邊，

「……」

戴著耳機的柳川博行沒說話，舉起烏龍茶。一雙疲累的眼睛在凌亂的劉海下窺視。

拿著酒杯望著他處的人，是鷲尾麗亞。身穿紅色洋裝，豪邁地盤腿喝乾杯裡的酒。

神宮寺把罐裝啤酒放到桌上。

「……乾杯得很豪邁，卻不熱烈。」

他解開頭上的毛巾，擦拭汗水。突然，拍了一下桌子。

「有什麼不滿的話，說來聽聽！」
「不滿多的哩！」
麗亞無精打采地說。
「我丟著截稿日期不管，跑到深山裡來。穿高跟鞋走山路有多辛苦，你知道嗎？」
冒險小說家麗亞脫下紅色高跟鞋，讓神宮寺看看腳上的水泡。
「……誰叫妳不穿登山鞋，跟我有什麼關係？」
神宮寺以麗亞聽不到的音量說。
為何不大聲說出來？答案很簡單，因為害怕。
順帶一提，大家都稱呼麗亞為「公主」。
抱怨仍未停止。
「大老遠來了之後，卻只有一瓶便宜的紅酒，教我如何能心情愉快地乾杯？」
「我特地準備鷹鳴酒耶！」
這次神宮寺用麗亞聽得見的音量說。鷹鳴酒號稱最貴的美國葡萄酒。
「……」
麗亞瞪著神宮寺，將空了的酒杯注入酒，一口氣喝光。
神宮寺雙手一攤，表示他錯了。

「喂，下酒菜呢？」

麗亞問，一旁沉默的柳川站起來。

他從餐廳隔壁的廚房端上撒上帕瑪森起司粉的沙拉。

麗亞的心情才逐漸好轉。

「還是willow做的菜最好吃。」

神宮寺手撫著胸口。

「willow，我得救了。」

他低聲地對柳川說。柳川又有個綽號「willow」，因為他喜歡名古屋的「外郎」。（特別是白色的。）

「……如果是識貨人的讚美，我會感到高興。」

柳川說。

麗亞沒多久就把沙拉全部嗑光，立刻從紅色包包裡，拿出醋海帶來吃。

「無法理解竟然有人邊嚼醋海帶，邊喝鷹鳴酒。」

「willow你味覺幅度太窄，不會懂這種組合的絕妙。」

麗亞發出銀鈴般的笑聲。

此時，朱利爾伸手搶走醋海帶，馬上被麗亞打。

「吃醋海帶你還太早！這個給你，忍耐一下！」
朱利爾的手發紅，麗亞取回醋海帶，將棒棒糖塞給他。
「雖然有許多不滿，不過我喜歡這間民宿。『終極RPG——IN塀戶』結束後，這裡就當作我躲避編輯追殺的庇護所。」
「……」
「我也很滿意這個村子。栗井榮太把整個村落都買下了吧？」
「嗯。」
神宮寺點頭。
「跟他們的自治團體交涉很久。」
麗亞完全沒在聽神宮寺發牢騷，反而雙手互握。
「雜貨店和裡面的商品都原封不動地保存下來，太棒了！而且我也準備好要進新貨！」
「那個包袱，滿滿都是零食……」
神宮寺、柳川和朱利爾，一齊望向麗亞旁邊的風呂敷。
麗亞裝作沒聽見。
「話說回來，你集合我們要幹嘛？」
麗亞問神宮寺。

「一開始我不是說了嗎？慶祝『終極ＲＰＧ——ＩＮ塀戶』終於完成。」
神宮寺失望的語氣，麗亞不予理會。
「啊，對哦。不乾杯一下怎麼行？乾杯！」
麗亞一個人舉起酒杯。
朱利爾悄聲說：
「看來截稿日期快把公主逼瘋，她整個人都不對勁。」
神宮寺點頭。
接著他振作精神，看著大夥兒。
「總之，『終極ＲＰＧ——ＩＮ塀戶』已經完成，可以啟動。朱利爾，有哪些參加者？」
朱利爾嘴含棒棒糖，一面操作筆電。取名為「春子」的筆電，連結到栗井榮太地下室的主機。
「確定有六人。下載4378號檔案，寄email來的有三人，其中之一是電視台導播。」
「導播？」
「他要製作節目，所以想來取材。」
「注意到留言，進而下載檔案，幹得好！」
「下載檔案的人，好像是他的部下，已經先跟他說ＯＫ，可以嗎？」

被朱利爾一問，神宮寺點頭表示贊同。

「沒關係，從頭到尾取材，也不可能了解栗井榮太的祕密。」

「另外三位是特別來賓——一個是塀戶村村民，剩下是那兩個人。」

「那兩個人喔……」

神宮寺喃喃自語，露出銳利的犬齒。

柳川面無表情，麗亞則興奮不已，「好期待、好期待！」「雖然有送邀請函給那兩個人，可是時間和場所統統沒講，他們找得到這裡嗎？」

「別擔心，朱利爾。」

神宮寺拉開啤酒拉環。

「身為電玩創作者，必須對所有情報相當敏感才行。更何況他們企圖向栗井榮太挑戰，絕對有下載檔案。假如——」

神宮寺露齒而笑。

「連那種程度的檔案都無法解讀，那不來也罷。」

突然，玄關鈴聲作響。

「這時候，會是誰？」

麗亞起身走到玄關。

回來時，她手上多了一把花束。

「送來的。快遞員還跟我道歉，說他不知道地方，所以延誤時間。」

麗亞臉湊近花束。

如果沒有醋海帶，那會是多美的畫面啊，朱利爾心裡暗想。

神宮寺讀起花束上的小卡片。

親愛的栗井榮太：

恭喜你們完成「終極RPG——IN堺戶」，

三連休將到貴寶地打擾，請多指教。

龍王創也及內藤內人　敬上

「我沒說錯。」

神宮寺把卡片丟向朱利爾。

「又能見到那些孩子，真讓我雀躍不已。」

柳川拔掉耳機。

「……把他們叫來，好嗎？」

柳川問，神宮寺大手一揮。

「不用煩惱，willow。『終極ＲＰＧ——ＩＮ塀戸』完美得不得了，模擬的結果，百分之百都是我們獲勝。」

朱利爾點頭。

「載入修正程式。結果——」

朱利爾的手指在鍵盤上跳動。

綠色文字以極快的速度在螢幕上流動。

「我們獲勝是不變的事實。」

螢幕出現「YOU WIN」。

「你們真傷腦筋耶。」

麗亞將鬆餅往嘴裡送，與酒一起下肚。看到吃得津津有味的麗亞，柳川問：

「……有錯嗎？」

麗亞嘆息。

「跟他們關係搞好一點，我覺得跟他們當朋友也不錯。」

「朋友？不可能！」

神宮寺、柳川、朱利爾三人一起搖頭。

「那兩個人跟栗井榮太嗆聲。」

聽到神宮寺說，柳川和朱利爾不住點頭。

「這次一定要他們好看！」

三個人一起舉手歡呼。

麗亞再度嘆息。

「可別報復不成，反被殺……」

神宮寺手拿鷹鳴酒瓶。

「我說過，什麼都別擔心。不僅『終極ＲＰＧ——ＩＮ塀戶』大功告成，我們還顛覆科學。」

他把酒瓶舉到眼睛的高度，瞬間鬆開手。

「你看——」

酒瓶離開神宮寺的手，卻沒有落下。簡直像無重力狀態，酒瓶停在空中。

「這次肯定讓他們灰頭土臉。」就這樣，慶功宴一直持續到黎明。

不，說得正確一點。

對他們而言，慶功宴與「終極ＲＰＧ——ＩＮ塀戶」同步展開。

03

位於N縣北部的塀戶村。
數百年前，由八個戰敗武士所開墾。
戰敗的武士傷痕累累。但是，決不能放棄打造屬於自己村落的希望和寶藏。
於是他們發現這個被山崖、森林、溪流所包圍的土地。擁有豐富湧泉的土地，他們稱之為「塀戶」。
為了躲避敵人而建造的「塀」、「戶」，直接沿用到今天村落的名稱。
「龍神守護著這個村落。」
誠如這句話所說，深山有充足的湧泉，戰敗的武士們才得以和平地過日子。隨著時間流逝，村子人口逐漸增加。武士們帶來的財寶根本沒用到，塀戶村開始繁榮。
然而，第二次世界大戰後，湧泉漸漸乾枯。
「龍神拋棄我們了……。」不知是誰先說，流言就這麼傳開來。
於是，村民接二連三地遠離塀戶村。
最後只剩下一個人。

「在看什麼？」

我問創也。

「『塀戶村的略史』——夾帶在栗井榮太的檔案中。」

創也抬起頭說。

「幸好。不曉得是不是已經廢村，地圖上找不到，圖書館或上網查，也查不出個所以然。」

三連休第一天。

我們離開城堡，坐電車轉公車，來到N縣北部。

我騙我媽：「三連休要住創也家，跟他一起唸書。雖然暫時沒有考試，但也不能因此鬆懈。」我媽很高興地送我出家門。

欺騙媽媽我很難過，下次考試一定要拿到好成績。

公車停在山腳下。從這裡到塀戶村，只有一條路。

「好戲即將上場。」

創也目光炯炯有神，仰望著山。

他大踏步走在我前面，我看他也撐不了多久……

如我所料，二十分鐘後，本來走在我前面的創也，轉而與我並排。

「偶爾爬爬山也不錯。」

嘴上還逞強，但額頭上的汗水騙不了人。

三十分鐘後，創也落在我後頭。

經過四十五分，回頭看不到創也的影子。

大拖油瓶！

路旁恰好有棵山毛櫸，索性就靠著樹休息，在這裡等創也吧。

深呼吸一口氣，左右看看。

陽光透過光滑油亮的綠葉，在地面上留下不可思議的模樣。

隱約聽到鳥鳴聲。

狹窄的石子路，了不起通過一台小貨車。

山毛櫸樹的背面是懸崖，走近一看，遙遠的下方有條幾近乾涸的溪流。

附近有水讓我放心不少。

我想到小時候奶奶帶我去山上的事情。

奶奶常說：

「內人，我告訴你，人類缺乏空氣只能活三分鐘，少了水只能活三天，沒有食物吃則可以活三個禮拜——這三點要時時放在心上。」

我記住奶奶的教訓。不久，「呼～呼～」的喘氣聲一步步靠近。

是創也。拄著不知哪裡撿來的樹枝代替枴杖，步履蹣跚地走上來。
走到我旁邊，一屁股坐下。
「……你不休息？」
呼吸緩和後，創也抬頭看著我。
「小時候奶奶說過，休息時不能坐下來。」
「……」
創也立即起身，學我靠著樹。
看著創也的模樣，我說。
「剛剛騙你的啦，其實是我亂掰。」
「……」
創也不作聲，席地而坐，充分表現出對我的不信任。
「對了對了，走出城堡時，沒看到卓也。」
我問，創也露出笑容說，
「卓也忙翻了。二十四間托兒所同時寄來募集臨時保母的通知，三連休忙著面試就夠了。寫履歷表、弄頭髮、做新西裝……根本沒時間監視我去哪裡。」
「這不像卓也的作風。正常來說，不管有多少面試，當創也保鑣的工作，卓也絕不會怠惰。」

「放心。我跟他說，三連休要在家拼圖。一萬兩百九十二片『巴比倫塔』的拼圖。」

一萬兩百九十二片……

腦中開始盤算，百元商店買的拼圖約有三百片，一萬兩百九十二片大概是三百的三十四倍……

我花將近兩個小時拼三百片，三十四倍……大約七十小時。

三天不眠不休才可能完成拼圖……

「金氏世界紀錄記載，世界上最多片的拼圖，有六萬一千七百五十二片，好好記住。」

創也說。

我光背年號就暈頭轉向，沒有多餘的腦容量記這些不必要的數字。

「可是，三連休結束，拼圖卻沒完成的話，卓也不會起疑嗎？」

「安啦。上個星期天，已經全部拼好。超過一萬片可不簡單，花了我四個小時。」

……創也，你是怪物喔。

我繼續問。

「這個時候，托兒所人手不足嗎？一次有二十四間托兒所舉行面試。」

「嗯，到底怎麼回事呢？」

創也把頭撇開，一副意興闌珊的模樣。

腦中猛然浮現某個想法。

「喂，會不會是某人寄了假通知給卓也？」

「嗯，到底怎麼回事？」

創也仍然頭撇向一邊。

換個方式問：

「偽造通知跟拼拼圖，哪個花時間？」

「當然是拼圖囉！通知只要稍微改一下內文，馬上就完成。」

……創也，你是惡魔。

「體力也差不多恢復了，快點到塀戶村吧。」

創也起立。

精力充沛地走在我前面。

我一直注意他背後和屁股，有沒有黑色翅膀及尖尾巴。

路的盡頭是狹隘的隧道。

挖通大岩石，鑲磚頭的隧道。

隧道前是一座紅色屋頂的小祠堂與長苔的神像。

「穿過隧道就是塀戶村。」

創也攤開電腦列印的地圖。

我從旁凝視地圖。

原來地圖的製作者是麗亞。畫了許多花、雲朵等不相干的東西。老實說，我看不懂。

「只有這條路通往塀戶村嗎？」

我問，創也點點頭。

「塀戶村以前是戰敗武士的避難地，被山崖、森林、溪流所環繞。這條通道一旦堵住，敵人便進不來。」

確實如此。

我們進入潮溼的隧道。

這條通道一旦堵住，敵人便進不來，同時也逃不出村落……

毛骨悚然。

怎麼回事，這種感覺……

一到山中，我神經會繃得特別緊。

想要活久一點的話，千萬別大意——奶奶這樣教我。

這個村子，讓我有不祥的預感。

「創也。」

想叫住創也，但已經太遲。

「嗯？」

太陽下回過頭的創也。

我想叫住他，卻也不自覺地穿過隧道。

我們進入了塀戶村。

「Welcome to 塀戶 village！」

創也雙手打開。這種情形下，若是跟創也說：「這裡很危險，回家吧！」他也不可能聽進去。

我笑著嘆息。

啊啊……

隧道上面，許多木根盤據。

隧道如果崩塌，塀戶村即成為「陸上孤島」……

陸上孤島最常見的情形，是被受困的人們一個接一個被殺。

我腦中幻想著「陸上孤島」乘著紙花遊行，「嵐之山莊」則跟樂隊一同出場，「雪之密室」負責沿路揮手。

啊啊……

「我不知道你在想什麼，快走！」

創也用陰沉的眼神看我，邁步向前走。

隧道出口的道路是塀戶村的主要幹道。

路上盡是雜草，已長到腳踝高，我們沿著路向前移動。

道路兩旁是水田及旱田，旱田四周以石垣圍住。不過，石垣多處倒塌，水、旱田裡雜草叢生，由此可知已經許多年沒人耕種。

每間房子皆是磚瓦屋頂，不論哪個屋頂，都已毀壞且長滿雜草。

我問創也：

「塀戶村是廢村嗎？」

「根據栗井榮太的資料顯示，塀戶村還有人住。」

「幾人？」

「一人。」

只有一個人住，那也難怪路上已經被草覆蓋。

「遠離塵囂很好不是嗎？對習慣都市噪音的耳朵來說，倒挺新鮮。」

創也頗開心，但我的耳朵卻因為過度安靜而嗡嗡作響。

創也咳聲嘆氣。

「希望你能好好享受大自然。」

創也邊說教邊倒退嚕。

「走路不看前面，小心跌——」

我話還沒說完，創也倒仰，身體失去平衡，一屁股跌到草堆。

嘖，早跟你說了。

伸手要拉創也起來時——

耶？

創也旁邊的草堆中，有塊白色石頭。

雖說是石頭，感覺有點不協調。

什麼？

定睛一看，有兩個大大的洞。

這不是石頭。

「嗯……」

再仔細看一次。
怎麼看這都是——
「骷髏頭！雖然沒有頰骨、下顎骨，但不會錯。」
創也說中我的心事。
「……怎麼有這種東西？」
我問。
「你認為呢？」
創也反問，他把玩著骷髏頭。
「這不是真的骷髏頭，是仿冒品。」
創也搖頭否定我的推理。
「若是仿冒品，未免做得太精巧，最少要花十萬塊才做得出來，不會隨便丟在路旁的草叢中。」
「栗井榮太放的啦，目的要嚇嚇我們。說不定『終極RPG——IN塀戶』已經開始？」
創也搖頭。
「嚇我們的話，大可放在更醒目的地方。如果不是我恰好跌倒，也不會注意到。」
嗯……

我拚命地想。那一刻，我突然被名偵探附身。
「創也，不要想得如此複雜，想想看這是哪裡。」
創也眉頭緊蹙，聽我說話。
「那種討厭的語氣，代表你想到什麼了？」
討厭的語氣——會嗎？只是模仿創也說話罷了……
我伸出一根食指。
「這裡是塀戶村，是深山窮谷，猴子當然也不少。所以，這顆骷髏頭不是人類的，是猴子的。」
如何，這個推論很完美吧？
「猴子不會裝銀牙。」
創也用袖子擦拭骷髏頭上顎的部分。
太陽光反射在銀牙上。
啊啊，好刺眼……
剛才創也說過，這顆骷髏頭跟栗井榮太沒有關係。那代表，它在塀戶村有很長一段時間。
我左右瞧瞧。
恬靜的山村風貌。

因為一顆骷髏頭，整個畫面令人不寒而慄。

「……不報警？」

我問，創也搖搖手指頭。

「不行。」

「為什麼？」

「第一，塀戸村手機收不到訊號。」

創也拿出手機，螢幕顯示「無訊號」。

「再者，下山才能報警。如此一來，趕不及『終極ＲＰＧ——ＩＮ塀戸』開始。」

「……」

「警察來的話，會干擾『終極ＲＰＧ——ＩＮ塀戸』的進行，我不打算報警。」

創也沉著地說。

這小子的倫理觀，不值得學習。

「在不使用藥物的情況下，經過數年才可能變成這樣漂亮的白骨。幾年前發生的事件，如今晚個幾天報警，也沒多大差別啦。以上是我不想立刻報警的理由。」

ＯＫ。我了。

創也堅持己見，跟他爭論只是浪費口水。

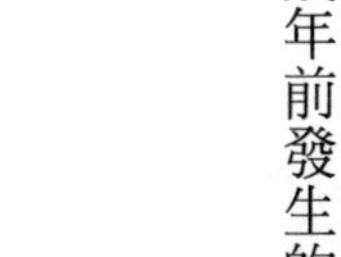

我徹底死心。創也看我這樣，他說：

「相信我，遊戲一結束，我馬上打匿名電話報警。」

「你最好給我那樣做。」

我提出最後一個疑問。

「『終極RPG——IN塀戶』是怎樣的遊戲？」

創也默然地聳聳肩。

也對。關於遊戲我們毫無概念。

「老實說，假如我們一個不小心，掉入栗井榮太的世界，那樣的話，我們便輸了，說不定連『創作出最完美的遊戲』這個夢想也煙消雲散。不，最壞的情況是，以後根本不會想創作遊戲了……」

創也的神情嚴肅。

從他的表情可以看得出來，他是抱著怎樣的心情來玩「終極RPG——IN塀戶」。

創也搭上我的肩。

「現在請讓我集中精神玩『終極RPG——IN塀戶』，遊戲結束，絕對會報警。」

「了解。」

不過，一直到遊戲結束前，骷髏頭都要躺在草地上，實在太可憐了。

我撿來兩塊木板，打算在道路旁挖個洞。

「創也，你也來挖。」

我拿塊木板給創也，讓他一起挖。然後把骷髏頭放進洞中，小心翼翼地蓋上土。木板充當墓碑，我和創也在墓碑前雙手合十。

「終極ＲＰＧ——ＩＮ塀戶」尚未開始。可是，現在回想起來，我們早已進入「終極ＲＰＧ——ＩＮ塀戶」的世界。

有時夢的印象過於強烈，會導致醒來時，搞不清楚到底是夢還是現實。

「原來是夢……」

鬆了一口氣，

「夢還沒完。」

創也啪地拍了我一下。

我現在的心情就是這樣。

在塀戶村的日子，到底哪裡是現實？哪裡是遊戲呢？兩者的界線逐漸模糊起來……

走了一陣子，創也再度拿出地圖。

「內人，眼前有幾條小路？」

「三條。」

創也點頭。

「嗯，跟我算的一樣。所以，下一條路要左轉。」

於是我們選擇左轉的小路。

周圍的草長得很高，一片寂靜中，只聽見鳥叫。

感覺越走越荒涼。

「這條路沒錯嗎？」我問。「地圖上這樣指示，應該對吧……」創也不安地回答。道路前方沒有建築物，只看見一面石牆。

撥開雜草往石牆行進，看看石牆裡是什麼——裸露的黑土、散亂的墓石、地面殘留著像被挖土機挖過的痕跡。

顯然這裡是墓場，而且是土葬場。

確認一下地圖，往民宿的小路前還有一條小路，那條小路盡頭畫著墳墓的插圖。

算算眼前小路的數量，發現地圖上少畫了一條小路。

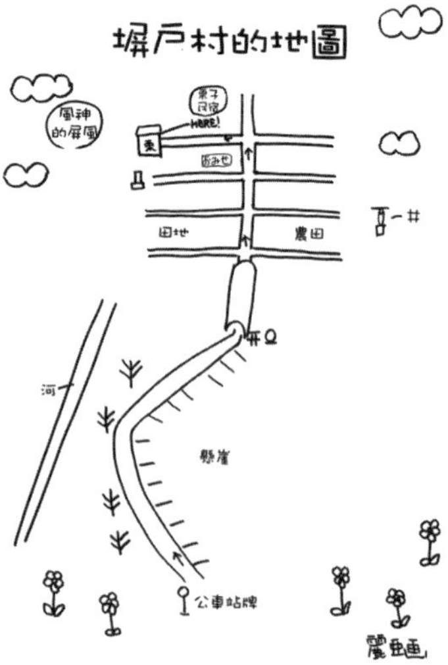

……麗亞，妳畫錯了！

我只敢心裡抱怨，如果當著本人的面，我可沒那個勇氣。

離開墓場一個大回轉，又走到主要幹道。

朝這個方向繼續走，盡頭處有個鳥居，上面是石階。

「創也，地圖上有沒有畫神社？」

「沒有……」

麗亞畫的地圖，反映出她的個性——草草了事。

石階前有個女人，手持竹掃帚掃地。

是巫女——白色的和服，配上鮮紅的袴（像褲子的衣物）。

「那身裝扮常被認為是巫女的一般服裝，其實那是在社務所工作或打掃時的服裝。」

創也解釋，但當我問他為何對巫女如此熟悉時，他卻默不作聲。巫女紮個馬尾，拿著竹掃帚的手，既白又細長，長長的指甲在陽光下閃耀光芒。

我們走向前，她將眼鏡扶正看著我們。

「你好。」

巫女向我們點點頭。她還年輕，大概是高中生吧。

「你們是栗子民宿的客人嗎？」

「嗯，可以請妳告訴我們，如何前往民宿嗎？」

「快到了喔。順著這條路一直走，栗子民宿就在盡頭。」

創也拿地圖給她看。

「這張地圖，正確嗎？」

巫女再次推推眼鏡，緊盯地圖。接著，直率地問：

「這是地圖嗎？」

聽到她的話，創也謹慎地將地圖摺好，放入口袋，動作明顯表示出他的決心，絕不會再打開這張紙。

創也詢問巫女。

「妳是塀戸村的村民嗎？」

「是，我叫水上亞久亞。」

亞久亞慎重其事地鞠躬，長髮隨她的動作飄揚。

「我是龍王創也。」

我本想報上名。

「他叫內藤。」

卻被創也一馬當先。你幹嘛替我說。（而且沒說出全名……）

「亞久亞，妳一個人住這裡嗎？」

不理會我的不滿，創也問。

亞久亞頷首。

「上小學前就搬離村子，住在山腳下。兩年前國中畢業後，為了守護這座神社，回來當巫女。」

「好偉大。」

「水神神社世世代代都由我家守護。」

「水神……祭拜的是龍神嗎？」

「嗯。你知道本村關於龍神的傳說嗎？」

「稍微讀過村子的略史。」

創也說完，亞久亞輕輕點頭。

「很久之前，村子有豐富的湧泉，村民將之視為理所當然，並未抱著感恩的心。於是，某天夜空中突然出現一條巨大的龍，村民認為，『村子有水用，全是龍神的庇佑』，於是為了表達謝意，建造了水神神社。」

「很棒的故事。」

創也和亞久亞兩人愉快地交談。

我倒是第一次見到創也如此開心地與女生說話。
手肘輕推創也側腹。
「該不該動身到民宿去？」
我悄聲地問，創也置之不理。
呼，傷腦筋。
我乾脆坐在道路旁的大石上。

直到那時，我都不相信命運。
可是，那一瞬間——多不願意，也要相信，命運安排我與她相遇。
「妳也是來玩『終極ＲＰＧ——ＩＮ塀戶』嗎？」
我問，她點頭。
「但，我對玩遊戲不拿手。」她害羞地說。
當下，我認清自己的任務，我來到這個村子，是為了保護她。
「有我在，一切都不用擔心。」
我強而有力地說。為了保護她。

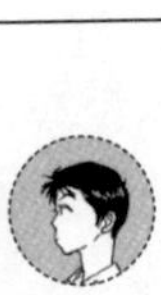

「……做什麼？」
抬起頭來，一雙陰沉的眼睛盯著我。
創也全身散發驚人的殺氣。
來不及掩飾，動作快得跟老鷹一樣。
創也搶走我的筆記本，不發一語地讀。
不久，創也闔上筆記本，
問我：「這什麼？」
「回家功課的作文。」
「真不可思議，我竟然沒聽說有出作文。」
「耶，好奇怪……」
我說，盡量讓語氣自然一些。
搶回我的筆記本，收進背包。
「亞久亞，等一下再見了。」
我朝著她揮手。

到達民宿前，創也都沒開口說過一句話，死命瞪我。

可怕……

04

栗子民宿位於小丘陵上。

整棟建築被樹林包圍，美得像風景明信片。「令人心曠神怡的高原民宿」這句話，形容得再適合不過了。

「挺漂亮的嘛。」

我說，創也哼了一聲。

看來他還在為剛剛的事生氣，心胸真狹窄。

創也伸手按玄關的門鈴。

鈴聲未響門就打開。開門的是神宮寺……他怎麼知道我們到了？

「呦，歡迎歡迎！」

身穿粉紅襯衫，奶油色的領子外翻，這身打扮不像民宿主人，倒像酒店經理。

「承蒙您的邀請，謝謝。」

創也說。

「歡迎你來。」

神宮寺笑說。

「沒有你們嗆聲，栗井榮太不會有今天。」

「永遠在原地踏步可不行。」

「說話仍然如此刻薄。」

兩人互瞪一會後，神宮寺伸出右手，創也握住他的右手。

神宮寺右手的金手鍊叮噹作響。

「這才適合當我們的敵人。」

神宮寺打開門，請我們進去。

玄關進去是一條走廊，充滿木頭的香味。

正對面是一個小櫃檯，辦公室在左邊，右邊為廚房和餐廳。

「willow，快來招待客人。」

柳川坐在櫃檯邊，神宮寺對他說。

柳川一聲不響地站起來，從辦公室拿了把鑰匙，走在我們前頭。

爬上玄關旁的樓梯到二樓。

「好壯觀的民宿。」

我小小聲地說。

「這個大小，要價約一千六百萬。」

「非常清楚嘛。」

「前陣子無聊拿起房屋雜誌來看，其中有棟木造兩層建築。」

創也有強迫症，沒有東西可以讀時，連辣油標籤都會仔細閱讀。

此時，柳川突然回頭，喃喃自語，

「兩百一十五億……」

耶？

「兩百一十五億——完成這棟民宿所花費的金額。希望你們不要誤以為，只值一千六百萬，那麼沒價值。」

柳川的口氣十足有魄力。

話說回來，一千六百萬說「沒價值」，栗井榮太果真是超級有錢人。

一上二樓，左邊是廁所、儲藏室以及洗臉台。左右兩側有走廊，柳川打開右邊第一間房門。

「七張榻榻米大，夠兩個國中生住。」

鑰匙放到茶几上後，柳川離開房間。

我迅速換下溼漉漉的內衣。

創也背包也沒放下，整個人倒在床上。

「兩百一十五億啊。」

自言自語地說。

「我不懂，栗井榮太何以那麼大手筆建造這麼豪華的民宿？」

「嘿耶——創也你竟說這種話，真意外。」

「為什麼？」

他問，我報以曖昧的微笑。如果我說「不管龍王創也或栗井榮太，都是會為了遊戲投入全部財產的大笨蛋」的話，肯定會被揍。

突然，門那邊傳來聲音。

「栗井榮太賭上尊嚴的遊戲，兩百一十五億，小case，整座塀戸村不知花了多少錢？」

朱利爾站在門口，手捧著盆栽。

「這間民宿的服務生，都不敲門的喔？」

創也從床上跳起來。

「……」

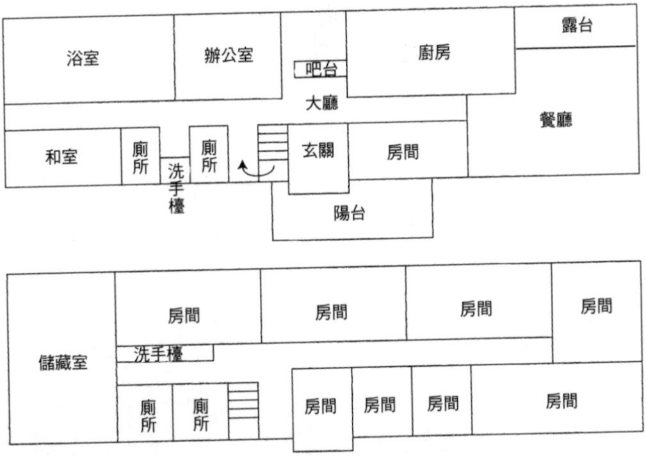

朱利爾的腳尖踢踢門。

「歡迎來到『栗子民宿』。」

朱利爾天使般的笑容，體內卻隱藏著惡魔一樣的個性。

他踩著輕快的步伐進入房間，把盆栽放在茶几上。

「剛才你說『整座塀戶村不知花了多少錢』，到底多少？」

針對創也的提問，

「我不清楚。」

朱利爾爽快地回答。

「神宮寺叫我不要問，willow只是搔搔頭，公主在一旁興奮難耐。」

聽完，我感到冷汗流過臉頰。

究竟花多少錢……？

朱利爾面對我們張開雙臂。

「好好享受此刻的平靜，因為過不了多久，就會起大變化了。」

「……」

朱利爾的話，讓甜滋滋的柳橙汁，瞬間走味。

「最後一定會讓你們夾著尾巴落跑，從此不敢與栗井榮太反抗。」

金髮藍眼的朱利爾，使用「夾著尾巴落跑」、「反抗」等辭彙時，就像看外國電影的日文版一樣。（朱利爾本身是日本人，且他只會說日文。）

「有個疑問。」

創也伸出食指。

「你有沒有想過栗井榮太可能會輸給我們？創作遊戲必須考慮到所有的可能性，否則遊戲只是個不良品。」

朱利爾的表情鐵青。

「栗井榮太的遊戲不會發生錯誤。」

他斷言。

「老實說，以前我曾經以你們為角色下去模擬，當時『終極ＲＰＧ——ＩＮ塀戶』出現不可預測的錯誤。所以，我載入修正程式。結果，你們毫無勝算。」

朱利爾淡淡地說。

「想落跑的話，趁現在喔，親愛的客人。」

創也又伸出一根手指。

「問題不是只有一個嗎？」

朱利爾歪著頭。

「這不是問題，是請求。我們很累，請讓我們休息，沒時間聽你說夢話。」

朱利爾氣到臉脹紅，不過，他立刻恢復笑臉，

「不好意思，我先告退。」

說完便離開房間。

「喂，創也。」

創也閉上雙眼，躺在床上。

「累了的話，蓋上被子再睡覺，小心感冒。」

「怎麼可能睡得著。」

創也眼睛閉著，臉上浮現出笑容。

「超級興奮的啦，我現在好想大叫，你都沒什麼感覺嗎？」

難得。總是冷靜不帶感情的創也，情緒相當高昂。

「這樣下去，我恐怕會在村中跑來跑去，我決定黏在床上。」

「了解，那我出去散散步。」

拿條棉被蓋著創也後，我便走出房門。

雖然沒跟創也說，但我跟他有相同的心情。

一到山上就忍不住興奮，無法乖乖待著。

——好安靜。

八成習慣了喧鬧的都市，這麼安靜反而讓我覺得奇怪。

耳朵一直嗡嗡作響。

離開民宿，我隨意在塀戶村散步。

經過神社前，亞久亞已經不在。

通往墓場小路的不遠處，有塊大樹倒後遺留的殘幹，不如先坐在那裡稍事休息。

綠油油的山，四處可見灰色屋頂，但也被綠色包圍。

過十年——不，頂多五年，村子會被樹林吞沒。

我呆呆地思考。

此情此景，彷彿戰爭結束，只剩我一個生還者。

這時，有個人影背著陽光，向我走來。

幻影嗎……？

山中時常出現幻影。

「當你不相信自己的眼睛時，試著倒立看看，仍然看得很清楚，那就不是幻覺。」

很久以前，奶奶告訴我。

我倒立著看。

人影沒有消失，甚至逐步逼近。

微髒的牛仔褲，配上一件樣式簡單的白襯衫。年齡約三十五歲上下，蓄著一頭凌亂的長髮，不像公司職員。自由業——感覺是個在探索自我的旅程中，迷失道路的旅人。

「……你好。」

男人帶著恐懼的眼神，看著倒立中的我。

「你好。」

我跟他打招呼，他全身顫了一下。接著，朝神社的方向加速前進。

我放棄倒立，目送他離去。雖非幻覺，但他卻是個奇怪的人。

寂靜再度籠罩。

我又坐回剛才的地方。

這次看見一位大叔和女孩。

我立即倒立。因為，女孩子的身影很像我同學堀越美晴。

這一定是幻覺！

不過當幻覺漸漸接近我時，

「內人，你幹嘛倒立？」

幻覺開口問。

她背後講話的是堀越美晴的父親——堀越導播。

「美晴，女生有時不能理解男孩子的所作所為。」

這兩個人……並非幻覺！

我趕快站起來，乾咳幾聲，轉移他們的注意力說：

「歡迎到塀戶村。但，你們怎麼會在這裡？」

「我的部下在網路上發現有趣的留言。」

堀越導播回答。

他是日本電視台的導播。

負責拍攝紀錄節目是他的工作，設計好台詞的節目，到底算不算紀錄節目……。

「我來收集各式各樣的情報，以期製作出更優質的節目。」

他有二十六位部下，分別以英文字母Ａ到Ｚ為名，而Ｉ、Ｂ、Ｍ三人，專門從事電腦相關工作。

「跟負責人聯絡，對方同意我來取材，所以前來這裡見習。」

非常開心的堀越導播，我若成為大人，也希望能這樣快樂度日。

然後，我看著美晴。

「我對真人版角色冒險遊戲很有興趣……你看，龍王不也是努力創作遊戲？如果能有一點共通的話題，就好——」

「妳怎麼知道創也在創作遊戲？」

我問，她用手指戳我。

「討厭，內人你說的啊。」

……沒錯。

那麼久以前說過的事情，還記得真牢。

堀越美晴的眼睛閃閃發亮。

「跟著來真是太好了，內藤在這裡，表示龍王也有來吧？」

我點頭。

其實我多不願意點頭。

想起不久前，創也和亞久亞的事，糟糕……

那兩個人談得很愉悅，不久的將來，堀越美晴也會發現……

她肯定會很傷心，我不想看見她傷心的模樣。

耶，等等。

我換個角度思考。

何不扮演安慰她的角色。

「忘了那個巫女和電玩宅男吧。」

——嗯，這角色挺不賴。

不不，等一下。

說創也壞話，彰顯出自己的好，這不是很卑鄙嗎？

唉，難解的習題。

天使與惡魔，在我心中展開激烈的拉鋸戰，這是一場善惡之爭。

無力的我只能眼睜睜地看著天使與惡魔交戰，插不上手。

「內藤，你怎麼了？」

堀越美晴出聲，才將我拉回現實。

「剛剛我在思考世界情勢，一時恍神——」

聽到我的解釋，美晴顯得相當驚訝。

「我們趕快到民宿，創也在等。」

我推推他們兩人的背。

經過墓場前的小路，

「請等一下，內藤，我們不是要在這裡轉彎嗎？」

堀越導播拿出地圖。

「那張地圖畫錯了。」

我們停在原地，確認地圖。

同時，有個老人從村子的入口走過來。

本來沒發現他是老人，直到他走近我們。因為老人挺直腰桿，每一步都走得四平八穩。看他臉上布滿深深的皺紋，猜測應該有八十歲。穿著貼身剪裁的白色麻料西裝，草帽下的頭髮，在陽光照射下，發出銀白色光芒。

老人注意到我們，脫掉帽子跟我們點個頭。

我們三人自然地站著不動，向他回禮。總覺得看到那老人，不立正站好不行。

老人打完招呼後，邁入墓場的小路。

「啊，等——」

我從後方追趕老人，追上和老人並排時，才發覺他比我高出一個頭。

「如果要去『栗子民宿』的話，這條路不對，往前只有墓場。」

這時老人轉過身，低頭看我。

老人犀利的眼神，突然變得溫和。

「謝謝。可是，地圖上是這條路沒錯……」

老人從西裝口袋掏出一張電腦列印的地圖。

「啊啊，那張地圖畫錯了。」

「嗯……」

老人摺好地圖，謹慎地放回口袋。

「我是金田昭之助，你呢？」

「內藤，內藤內人。」

「喔，內藤——」

金田先生將手放在我肩上。

「我確實要去『栗子民宿』，目的是參加『終極RPG——IN塀戶』遊戲，你呢？」

「我也是。」

「是喔。你說這條小路往墓場去，並非往民宿的路，我不認為你在說謊。可是，活到這把年紀，頑固的個性仍舊改不過來。」

金田先生遙望道路前方。

「這條路對不對我想自己確認，你恐怕不會理解我的心情。」

嗯，我想我了解金田先生的意思。

「那我們待會兒在民宿見。」

說完，金田先生急忙走向通往墓場的小路。

我不由得想。

剛剛的金田先生，然後堀越父女、早先遇到的「探索自我」旅人、巫女水上小姐……最後是創也。

這些成員，要參加「終極ＲＰＧ——ＩＮ塀戶」遊戲啊……

突然間——

轟隆作響。

思考前，我的身體早有了動作。先以手護頭，接著觀察周圍的情況。

那是土石流的聲音。

奶奶教過我，在山中聽到哪些聲音代表危險的訊號，現在的是其中之一。

聲音從村子的入口處傳出。

我快跑。

堀越父女和金田先生跟在我後面。

我們停在村子入口處。

跟我想的一樣，情況慘不忍睹。

大大小小的岩石和幾棵大樹，已經把隧道掩埋了。

耶……

這樣一來，我們就走不出這個村子。

「我真是好運。」

金田先生說。

「土石流若早一點發生，恐怕連我也遭殃。」

我慎重其事地走在土石堆上。

「危險，內藤。」

堀越美晴替我擔心，再危急的狀況我都不怕。

我不敢大意，檢查砂石。

在山中行走，我很自然地會注意有沒有土石流的危險，這就像一種本能。

之前抬頭看隧道上方時，發現樹根緊緊地纏繞著泥土和岩石。所以不是因為下雨讓地基鬆動，卻發生了土石流。

為什麼？

我把臉湊近砂石。砂石中混合著一股異味，這種味道，是黑色火藥。這起土石流，不是天災！有人使用火藥，故意炸毀隧道。

05

「你認為是誰幹的好事？」

創也躺在床上，閱讀《萬花筒》這本小說。

我搖頭。

「你確定那是黑色火藥的味道？」

這次我點頭。

「嗯。」

創也從床上起來。

「有人說火藥是春藥發展來的，你知道嗎？」

……又來了。

「相傳中國皇帝命令學者煉藥，結果實驗過程中不幸爆炸，才發現火藥的用法——可不可信就不得而知。」

「不管那些不可靠的傳言，你覺得是誰炸毀隧道的？」

「提供的線索太少。」

創也心不在焉地說。

創也的自尊心很高，不輕易說「不知道」。

我開口道：

「跟神宮寺說發生土石流，他沒什麼反應，莫非土石流是栗井榮太引起？」

「『終極ＲＰＧ——ＩＮ塀戶』還沒開始吧？如果我是栗井榮太，會等遊戲開始才做。」

「那為什麼神宮寺不訝異呢？」

我回想跟神宮寺說發生了土石流時的情景。

「耶——太危險了。」

神宮寺自言自語，看來沒有多大的興致。明明隧道被塞住，就走不出這個村子了……

「與其思考理由，現在應該先找出犯人，不是嗎？」

創也說。

「嗯……」

總之，一個一個核對。

「若非栗井榮太的話，難道是堀越父女……不，沒有這個可能。」

「為什麼？堀越導播那種人，只要覺得有趣的話，弄個爆炸事件也沒什麼不可。」

嗯，創也說的不無道理。

「我想看看，大家被困住的反應喔！」堀越導播會這麼說吧。

「另外還有一個比堀越父女更早到的人，那個人呢？」

三十五歲前後，探索自我的旅人。

嗯……創也說的沒錯，線索過少什麼都說不準。

「搞不好是金田先生設置的火藥。啊，我不知道。」

「亞久亞呢？她有機會設置火藥。」

創也說。我大感意外，創也該不會懷疑亞久亞……

「她為什麼要塞住隧道？」

創也微微一笑。

「直到現在，她都是一個人住在村裡，現在村裡來了那麼多人。如果讓這些人回去，不就又剩自己一個人了。想了想，於是引爆火藥毀掉隧道——這個動機，夠不夠充分？」

「我認為不可能。」

我一口否決創也的想法。

創也又躺回床上，視線轉移到書本。

「所以我就說嘛，現在線索太少，純粹自我想像罷了。」

「……也是。」

我靠著床沿坐下來。

書才看一下，創也低聲地說：

「路旁的骷髏頭、刻意引起的土石流——」

創也臉被書的陰影遮住，看不清他的表情。

「電腦程式出錯嗎？還是另有隱情？好期待接下來發生的事。」

說出這些話的創也，最讓我害怕。

到底在看什麼、究竟在想什麼……身為凡人的我，實在摸不著頭緒。

我吐了一口氣。不這麼做，創也的魂不知會跑到哪裡去。

為了緩和氣氛，我指指創也手中的書。

「這書很久之前出版的，好看嗎？」

「啊啊，這個啊。」

創也看看書。

「程式錯誤隨處可見，並不局限於電玩的世界」。

接近夕陽時分，我們到餐廳集合。

栗井榮太四人、我和創也、堀越父女、金田先生和水上亞久亞，還有那個不知名「探索自我」的旅人。

放下長髮，換掉巫女妝束的亞久亞，這樣看來就像普通高中女生。

亞久亞注意到創也，輕輕點頭跟他打招呼。（至於我，看一眼而已。）

創也微微一笑當作回禮。

此情此景看在堀越美晴眼裡，頗不是滋味。

我想起奶奶說過的一句話。

「暴風雨來之前，一定有預兆，野獸會莫名地騷動，耳朵嗡嗡作響，風向與平常不一樣。」

「萬一出現這些徵兆，該怎麼辦？」

我問，奶奶把手放在我頭上說。

「盡可能保護自己，一旦捲入暴風雨中，小命不保。」

笑容從奶奶的眼睛退去。

謝謝妳，奶奶，我不會錯失暴風雨前的徵兆。

朱利爾專心製作塑膠模型，如同電影「第三類接觸」登場的幽浮模型。

形形色色的料理擺放在餐桌上，蠟燭火焰緩緩搖擺——有些料理配色並不吸引人，算了，別放在心上。

場面十分豪華，令人忘了到這集合的目的。

神宮寺請大家坐下。

「現在吃晚餐好像過早，因為之後還有別的事要做，大家請用。」

神宮寺擺出「請」的手勢。

「這是我家的工作人員柳川和鷲尾為大家所準備的，柳川的手藝有掛保證。」

「柳川的手藝」——換句話說，關於鷲尾麗亞的手藝，不敢保證囉。

主角柳川沒有害羞的模樣，逕自戴上耳機聽音樂。

鷲尾以笑臉催促大家用餐。

我小心避開配色不佳的料理。

「我們先來點名！」

朱利爾用輕快的口氣說。收拾好模型，邊看夾板邊唱名。

「日本電視台的堀越隆文先生及堀越美晴小姐。」

「有！」

堀越導播精神奕奕地舉手回答，堀越美晴害羞地扯扯他的袖子。

「金田昭之助先生。」

「在。」

簡潔有力的回答，不同於堀越導播的嚴肅感。

「森脇誠先生。」
「探索自我」的旅人揚起手。
「水上亞久亞小姐。」
「龍王創也和內藤內人先生。」
創也沉默地回禮，我精神百倍地回應。
朱利爾抬起頭。
「二階堂卓也先生，沒有到嗎？」
「不是只邀請我們兩個人？為什麼會提到卓也？」
創也問，朱利爾回答。
「我以為你們來參加，卓也必定跟著來。」
我腦中響起許久前一首廣告主題曲。
創也聳肩。
「他忙著面試，不會來。」
「是喔……真遺憾。」
「你們應該要慶幸才對，卓也一來，我們的戰力又要提高。」
朱利爾瞪大雙眼。看著在場的神宮寺、麗亞、柳川。

神宮寺苦笑。臉上表情好像是說：「有沒有搞錯？」

「好可惜喔，好男人應該多來幾個……」

麗亞哀傷地說，手伸進包包，不是拿手帕而是拿甜甜圈。

「快吃飯了。」

朱利爾搶走她手上的甜甜圈，麗亞表情更不悅。

柳川自言自語說，

「要少做一人份的菜。」

「好想讓他吃吃我親手燒的菜。」

滿臉愁容的麗亞說。

並非故作堅強，他們打從心底自信滿滿。

創也應該也知道，雙手抱胸，默不作聲。

開始吃晚餐。

一堆不知道名字的料理，好吃得讓人停不下筷子——不，我只吃配色美觀的菜。

「喔，這也好吃那也好吃！日本電視台有個節目『料理是藝術！』，你一定要去參加。」

堀越導播手持刀叉，感動地說。

「料理是藝術！」——集合各種美味料理，由十位評審員評分的節目。

「沒興趣，菜能吃就好。」

柳川如果是廚師，被人稱讚應該會感到開心。可惜他是遊戲創作者，希望別人稱讚的不是料理，是遊戲。

「我燒的菜如何？」

麗亞聲音優雅地說，一面把配色難看的菜往堀越導播面前推。

堀越導播猶豫了一下，不過，他的警戒心也到此為止。

「能嚐到美人親手煮的料理，在下榮幸之至。」

裝模作樣的口氣，堀越導播將菜往嘴裡送。

那一刻——

「……不好意思。」

堀越導播站起來，快步離開餐廳。即使汗流滿面，也不忘溫和地微笑，真厲害。

神宮寺、朱利爾及柳川見狀，連忙垂下眼皮。

這麼說來，之前聽朱利爾說過，麗亞做的菜只能當作陷阱捕捉野獸。（他還說此法不適合活捉。）

我悄悄地把麗亞燒的菜推向餐桌中央。

看看其他人，大家都是一副敬而遠之的模樣。

堀越導播回到座位，臉色無比難看。

「我想起來，父親臨死前曾交代，美人做的料理絕對不能吃。」

「爺爺什麼時候死了？」

堀越美晴驚訝地說，堀越導播慌慌張張地揮手制止。

「真不好意思，我待來世再品嘗您的料理。」

堀越導播低著頭匆忙說完。

「請各位邊吃飯邊聽我說。」

神宮寺站起來。

「首先跟大家道謝，感謝大家注意到尚未大肆宣傳的『終極ＲＰＧ——ＩＮ塀戶』，不遠千里來到深山。」

神宮寺鞠躬。

朱利爾也鞠躬道謝。

麗亞只是微微笑，柳川則閉起眼睛聽音樂。

「那麼，針對『終極ＲＰＧ——ＩＮ塀戶』我先作個說明。」

我先就角色扮演遊戲ＲＰＧ解釋一下。（說穿了，只是聽創也說，及網路上的資料整理而已。）

原本的角色扮演遊戲，是數個人一起玩的紙上遊戲。不使用任何機械，準備好遊戲說明書和骰子、筆，遊戲會隨著玩家之間的對話進行。

簡單為角色扮演遊戲下定義的話，可以說：「在虛構的世界裡，扮演好被分配到的角色，玩家所下的判斷不同，行動也有所變化的遊戲。」

遊戲本身設定好千奇百怪的問題。

從藏有妖魔鬼怪的迷宮逃生、成為黑社會老大、打倒巨龍拯救公主……多不勝數。

每個玩家都被賦與所扮演角色的個性，遊戲進行中，玩家的行動必須符合角色的性格。

玩家使用角色的能力，解決不同的問題。當自己的角色不能解決時，與其他角色互相協助，補強自己不足之處。

栗井榮太和創也所設計的角色扮演遊戲，並非紙上遊戲，也不是電腦角色扮演，而是現實世界的角色扮演遊戲。

當然，玩家個別行動的話，遊戲無法成立。這時候就有個負責調整每個角色的「遊戲王」。

關於「終極ＲＰＧ——ＩＮ塀戶」，我和創也充其量只知道遊戲名稱而已。

自己的角色呢？

會有什麼問題產生？

——我們一無所知。

大家集中精神聽神宮寺說。

「遊戲的背景——」

「不知道將要發生什麼事——就這一句話。」

神宮寺咧嘴笑。

好像模仿某本長篇小說的宣傳，一時想不起來。

「不知道將要發生什麼事，你的意思？」

堀越美晴問。

「就是字面上的意思，小公主。」

神宮寺答。

「『終極ＲＰＧ——ＩＮ塀戶』的故事已全部完成，長捲軸上的故事，隨著時間流逝，慢慢現出原形。但，因為你們的行動，故事會產生如何的變化，沒有人知道。所以，我才說『不知道將要發生什麼事』。」

「……」

「『終極ＲＰＧ——ＩＮ塀戶』設定了幾道關卡，所有關卡在後天中午結束。」

「何時開始？」

創也問。

「開始時你就知道。」

神宮寺不把話說明白。

「先一一告訴大家，你們所扮演的角色。」

神宮寺舉起手指，朱利爾馬上將筆電放上餐桌，按按鍵。

「以大家的資料為基本，春子隨機決定個人的角色。」

「春子？誰？」

我問。

「這台電腦的名字。」

朱利爾的表情，彷彿要我別囉嗦。

「名字取得好。」

創也說。

創也跟朱利爾關於取名的sence，我不予置評。

朱利爾唸出螢幕上的資料。

「金田先生是『廢墟愛好者』。請扮演公司退休後，喜歡四處尋找廢屋的角色。」

金田先生鄭重地點頭，跟接受上級命令的士兵沒兩樣。

我臉上盡是擔憂的神情，他轉頭對我說。

「別擔心。你看我這樣，其實我對角色扮演遊戲拿手得很。再說，退休之後時間太多，只好靠玩遊戲打發。」

朱利爾繼續說。

「森脇先生請你扮演『幽浮研究家』。這個研究家認為幽浮是外星人的交通工具，而非不明飛行體。因此，你對周遭人來說，是多餘的存在。」

森脇先生苦笑。

對喔，朱利爾剛才在做幽浮的模型，難道那也跟遊戲有關？

「堀越導播是『專業攝影師』。職業內容是將全日本的美景，用照片傳達給世人知道。」

「跟我恰好符合。」

堀越導播笑著說。

「堀越美晴、龍王創也、內藤內人你們三個是『天文社社員』，利用放連假的機會，來到塀戶村，因為這裡無光害，最適合觀察星星。」

「嗯，不錯不錯。我喜歡看星星！」

創也推推眼鏡。

美晴呆呆地看著創也。
有關星星的認識，我自問自答。
確定知道不會弄錯的是北極星，因為奶奶教過，所以不會忘記，還有北極星出現的方位——以上。
「耶？」
朱利爾歪著頭看螢幕，帶著求救的眼神望向神宮寺。
從旁看螢幕的神宮寺，露齒一笑。
「原來如此，這是春子的判斷啊！」
神宮寺朝朱利爾點頭。
朱利爾猶豫一下後說：
「二階堂卓也先生是天文社的『指導老師』。」
「請等一下。」
創也阻止朱利爾發言。
「卓也沒有出席，電腦卻分配了他的角色，這代表遊戲本身有缺陷。」
「不勞你對遊戲結構擔心。」
神宮寺說。

「春子既然分派角色給二階堂卓也，就表示他會來參加，我完全相信春子的判斷。」

「……卓也，會來。」

說到此，創也噤聲，電腦居然判斷卓也會參加，太可怕。

「水上亞久亞小姐，請妳扮演獨居在村中的村民。跟妳的情況正好符合，應該不會太難才對。」

亞久亞點頭稱是。

「接著下來，是栗井榮太的部分。柳川博行先生是民宿老闆。」

柳川無言以對。

「緊接著，鷲尾麗亞小姐。」

朱利爾突然閉嘴。停頓一下後，操作幾個按鍵，臉上的表情比剛才更吃驚。

「怎麼了，朱利爾？」

「春子好像故障。傷腦筋……沒有多帶一台電腦……」

朱利爾向神宮寺報告。

神宮寺注視著螢幕，搔搔頭。

「奇怪，這樣的錯誤還是頭一遭。」

「我的角色出什麼問題？」

麗亞也加入他們的行列，一起注視著電腦。

「這怎麼會是錯誤！」

她揮舞手上的棒棒糖。

「知道啦，麗亞，我們和春子輸了。」

神宮寺哀號，朱利爾驚慌地說：

「鷲尾麗亞扮演『美食研究家』。綜合房客對民宿菜色的評價，研發出更美味的料理。」

「根本就是為我量身訂做的角色，春子挺厲害的嘛。」

麗亞神色自若地說。

創也小聲地對我說：

「朱利爾曾說，栗井榮太住處附近，聚集著許多烏鴉。然而，拿麗亞煮的菜餵食烏鴉後，再也沒有任何烏鴉敢靠近那一區，他們的自治團體還送來感謝狀呢。」

「……」

麗亞的料理真令人畏懼。

朱利爾繼續發表角色分配。

「我，朱利爾．華納，『美食研究家』的弟弟——什麼跟什麼！」

朱利爾面對電腦，大發牢騷。春子當然無法回答。

麗亞心情大好。
「真棒，有個可愛的弟弟，想要什麼跟姊姊說，給你零食吃？」
一股腦將包包裡的零食倒在餐桌上。
朱利爾笑著把臉撇開。
「春子的確有些秀逗。不應該是『弟弟』，兒子比較正確……」
麗亞動作神速，手伸到朱利爾的嘴邊。
「說出如此可恨的一句話，是這張嘴？」
朱利爾的嘴巴，跟橡皮筋一樣狠狠地被扯開。神宮寺和柳川裝作沒看見。
這一幕可看出栗井榮太一群人中，誰最強勢。
一邊撫摸紅腫的嘴巴，
「以上是大家的角色分配。除了一部分外，春子盡量分配讓各位輕鬆勝任的角色。遊戲一開始，請大家行動務必要符合所扮演的角色。」
「除了一部分外」，這句話朱利爾含在嘴裡，不敢大聲說。
耶，神宮寺的角色呢？
神宮寺像是察覺大家的視線，他開口道：
「我是遊戲王——『沒有角色』。適時調整『終極ＲＰＧ——ＩＮ塀戶』，以期順利進

行。」

神宮寺說話的同時，隱約露出犬齒。

「『沒有角色』，什麼意思？」

我私下問創也。

「嗯，就是……」

手指搔搔臉頰，創也解釋給我聽。

「遊戲管理者擁有許多權限，調整遊戲流暢地進行。」

「跟『神』一樣？」

「那樣想也可以。」

嗯，似懂非懂……

神宮寺說。

「那麼，有關個人角色，相信大家心裡都有個底了。遊戲一旦開始，請忘了自己，融入角色。」

「我有問題。」

森脇先生舉手發問。

「你要我們配合角色來行動，請問『幽浮研究家』該如何飾演？」

「如果住進民宿，你認為可以好好觀察幽浮嗎？」
神宮寺說。
柳川拿來露營用的帳篷。
「莫非『廢墟愛好者』要住廢墟？」
金田先生問。
神宮寺頷首。
「請選擇你中意的廢墟住。」
無血無淚的說話方式。
「沒關係嗎，金田先生？您的身體受得了嗎？」
堀越導播關心地問，話裡參雜「我可以住在民宿耶！Lucky！」的心情。
「無須替我擔心，露營對我而言，像家常便飯。」
創也戳我。
「你奶奶跟金田先生滿像的吧？」
嗯，給你一說，好像有點像，又不是很像……
朱利爾一面盯著螢幕，一面說，
「至於民宿房間分配，我和麗亞、柳川住一樓。堀越導播和美晴小姐請各住各的。龍王創也

及內藤內人直接住現在的房間即可，你們隔壁請空一間房。」

「為什麼？」

朱利爾回答創也的提問。

「春子說，『指導老師』來的時候，才有地方住。」

「……」

創也默不作聲。

可是，我感覺卓也來的話，就不可能繼續玩「終極RPG——IN塀戸」……

「遊戲還要一會兒才開始。」

看著手錶，神宮寺說。

「請大家到自己該去的地方，等待遊戲開始。」

「等一等，我們要如何得知遊戲已經開始？」

森脇先生再次舉手。

神宮寺不懷好意地說。

「關於這點，不用我說明，你們等一下就會明瞭。」

說完，掃了大家一眼。

「請讓我問最後一個問題。」

創也開口。

「說是真人版角色扮演遊戲，但它終究不是現實，純粹是遊戲的世界。照理說，應該不會危及玩家的人身安全才對吧？」

這時，神宮寺露齒一笑。

「當然，為了創作遊戲賠上性命都在所不惜。可是，玩遊戲並不要你賭命。」

「你這麼一說，我放心多了。」

創也點頭說。

我鬆一口氣，只是不知道他的話可不可信。

「那麼各位──」

神宮寺用雙手食指指著大家。

「Good luck！」

番外章之一

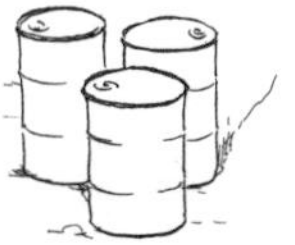

卓也、憤怒的鐵拳

——太輕。

矢吹試著出右直拳。

咻！

手腕彷彿裝上加速裝置，出拳時毫無阻礙。

再試試鉤拳、上鉤拳。

劃破空氣的聲音，響徹雲霄。

——最佳狀態。

矢吹顯得相當滿足。

可是，路上行人嫌惡地看著矢吹，快速通過他身邊。

矢吹是專業拳擊手。

處女賽中兩回合便擊倒對手，目前為止四連勝，下一站即將挑戰東洋錦標賽。

——沒問題，繼續保持這個狀態，錦標賽就能輕鬆取勝。

矢吹想都不想地握緊拳頭，忍住不笑出來。

「不要看他！」

歐巴桑硬拉小孩的手，將他帶離矢吹旁邊。

——算了算了，這個時期最要緊的是，不能稍有鬆懈。有句話說：「忍一時風平浪靜。」矢吹最拿手反手還擊，最不在行，諺語。

——來做長跑訓練！

矢吹大步向前跑。

整座城市的居民，帶著溫暖的眼神目送矢吹離去。

矢吹邊跑邊思考一個問題。

依照平常的長跑訓練，下一個紅綠燈要轉彎。他習慣在折返點處的公園，練練直拳、做拳擊練打。

但是——

矢吹停在十字路口。

獸性的本能警告他。

不可以去公園。

稍微想想後，矢吹決定左轉。

——那個男人，在公園等著……

光想就開始流冷汗。

那個男人——和矢吹住同一棟公寓的二階堂卓也。
資格賽前，處女賽前——每當重要時刻來臨，矢吹都會在公園遇到卓也。然後，被強迫做「保母練習」或訓練「保母拳」。
那個人……簡直天下無敵。
矢吹記起來。
我出的拳怎麼樣都打不到那個人，可是，那個人隨時都能打倒我。
卓也的存在，對矢吹而言是一大威脅。
就算我成為東洋第一，也無法打敗那個人。不，即使是世界冠軍……
像是要遠離噩夢一般，矢吹加快速度。

車站前。
明天開始三連休，街上行人比以往多。
歡愉的氣氛，緩和了緊張的情緒。
——想太多了。
放慢速度，矢吹拭汗。
資格賽或處女賽前，神經太緊繃。所以，才會把卓也想得太可怕。

蒼蠅飛過眼前。

啪！

矢吹使出右直拳。快打中時，蒼蠅掉頭飛開。

不過……，蒼蠅飛沒多久，直線掉落地面。

拳頭的風壓，使得蒼蠅掉落。

——果然，我的實力堅強。

矢吹放鬆肩膀。

抬頭一看，竟然在百貨公司前。

——進去百貨公司散散心。

矢吹最苦惱的是，諺語。拿手的是，死語。

漫無目的地閒晃。

林林總總的商品，每個來店客人愉快地逛來逛去。

矢吹不由自主放鬆臉部表情。

前方黑壓壓的一群人。

發生什麼事？

樂器販賣櫃的一隅。

鋼琴聲從人群那端傳來。

聽到鋼琴聲，矢吹驚訝地合不攏嘴。

——鋼琴竟能發出如此美妙的聲音……！

矢吹閉上眼靜靜聆聽。

耳朵聽到的鋼琴曲。

他的腦中立即浮現，綠色高原、一望無際廣闊地藍天，一名男子戴著草帽，往積雨雲的方向跑。

矢吹內心澎湃不已。

突然好想看看彈鋼琴的人。

輕巧地步法，來到人群前。

站在最前面的矢吹，看到了彈鋼琴的人。

身穿黑色西裝的男子背對著大家，頂著一頭阿福柔犬爆炸頭。男人的手腕在琴鍵上遊走。

「最後樂章了。」

矢吹旁邊雙手抱胸的歐吉桑開口說話，他身穿五分袖內衣，腰上圍一條肚圍。

「彈得真好！自從四十年前在德國以來，便沒聽過這麼美妙的音樂。」

歐吉桑發自內心感慨。

「那個人是專家嗎？」

矢吹指著彈鋼琴的男人，問身旁的歐吉桑。

「嗯，我也不知道。跟數十年前聽到阿爾弗雷德・布倫德爾，及波蘭的齊默曼相比，我認為不會比較差。簡單地打扮，輕鬆地聽音樂，比什麼都棒。興致一來，也能抒發個人感想。」

歐吉桑吸吸鼻涕。

「他的技巧確實是一流，但並非專業。」

說這句話的人，是站在歐吉桑相反方向的男子。

筆挺的西裝，頭髮用髮膠塑型。

「我不時會到這間百貨公司，他常常來彈展示用的鋼琴，專家需要幹這種事嗎？」

歐吉桑點頭附和西裝男。

「管他專家還是外行人，反正能聽到這樣地現場演奏不就得了。」

歐吉桑其實頗開心。

他身旁有個手提和服包包的歐巴桑說：

「你們都沒在聽阿福柔男的演奏。」

歐巴桑自信滿滿地說。

「阿福柔男？」

矢吹自言自語，歐巴桑親切地告訴他。

「我把那個人稱為『阿福柔男』，那個人好像也滿喜歡這個叫法，你看——。」

歐巴桑將和服包包給矢吹看。

「他幫我簽名喔。」

「阿福柔男」四個字工整的寫在和服包包上。

琴聲戛然停止，阿福柔男結束演奏。

周圍響起一陣熱烈地掌聲。

阿福柔男絲毫不為所動，搓揉他的雙手。

矢吹也自然地拍手，雖然對音樂一無所知，但他起碼知道阿福柔男的演奏令人驚嘆。

阿福柔男手伸到頭頂，重新坐下來。

「換另一首曲子。」

西裝男說。

騷動的人群立時安靜下來。

一陣美妙的鋼琴聲流瀉出來。

「喔！這不是李斯特的〈匈牙利狂想曲第六號〉降D大調。」

歐吉桑兩手互拍。

「真好！百貨公司賣場竟能聽到技巧高超的曲子，想都想不到。」

矢吹問歐吉桑。

「這首曲子很難嗎？」

「嗯。〈匈牙利狂想曲第二號〉升C小調也很難，但第六號降D大調也沒有那麼簡單。」

「喔……。」

不管第二號或第六號，矢吹根本聽不懂。

卡拉ＯＫ的話，一首歌最多三段，古典樂還真長……。

腦子裡的想法只有這樣。

「你也好好聽。」

歐吉桑向矢吹解說。

「這首曲子，以十六分音符中間不休息的連續八度音階編成。手腕力量沒有好好運用的話，不只疲憊也彈不好，這小子不好對付。」

「沒錯，他正用飛快的速度彈。」

矢吹深感佩服地說，歐吉桑卻搖頭。

「沒問題嗎？這首曲子到急板時會更快，現在的速度可以取得平衡嗎……？」

「急板，是什麼？」

「速度標語，比快板更快，『very fast』的意思。」

歐吉桑操著標準的發音說。

還會比現在更快喔。

矢吹非常吃驚。阿福柔男的手指，在鍵盤上舞動，速度快得連眼睛都跟不上。手指有如冰雹一樣傾注而下，就像猛攻的刺拳。這位阿福柔男，若是握緊拳頭的話……

矢吹吞了一口口水。

他的拳頭會比噴射戰鬥機更快吧……

此時，人群中突然有人大喊。

「警察襲擊！」

人群迅速散去，開始東竄西逃，和服包包的歐巴桑也以驚人地速度逃走。搞不清楚狀況的矢吹，驚慌失措。通路的那一端幾個男人跑來，大家都穿著百貨公司的制服。矢吹看到帶頭男子胸口名牌寫著「樓管」。

「矢吹，這邊！」鋼琴前的阿福柔男站起來，一把捉住矢吹的手。

拔腿就跑。奇怪，阿福柔男為什麼知道我名字？

「是我，矢吹。」

阿福柔男摘下假髮，阿福柔假髮去除後，出現的竟然是二階堂卓也的臉。矢吹有種預感，下次的東洋錦標賽已經遍佈烏雲。

「保母不會彈鋼琴不行。」

回到公園。

從百貨公司逃出來的矢吹和卓也兩人，坐在長凳上歇息。

「其實也不盡然，不會彈鋼琴的優秀保母很多。但是，我想自己彈鋼琴，伴著琴聲與小朋友玩遊戲。」

「……好偉大的想法。」

矢吹說。說話的同時，他找尋適當時機開溜。

——不趕快離開現場，倒楣的就是我。

卓也起立。

「我想磨練琴技，但要在公寓裡放台鋼琴，說真的有些困難。」

矢吹點頭。四張榻榻米大小的空間，實在放不下鋼琴。光是搬運鋼琴，走廊就可能因鋼琴的重量而下陷。

「所以我才會到百貨公司鋼琴賣場練習，給百貨公司造成困擾，我也不好意思，卻讓我更想成為保母。」卓也的眼中散發出光芒。

矢吹一直找不到離開的時機，終於體會到被逼到牆角的滋味。

——步法，對，使用步法。

矢吹起身。

頓時，卓也握著他的手。「喔，矢吹，你能體會我澎湃的心情，謝謝你，謝謝。」卓也激烈地搖晃矢吹的手。想甩開也甩不開。

——放開我！

矢吹吸了一口氣問：

「你只想成為保母，幹嘛練習那麼難的曲子？」

「鋼琴上放著《李斯特鋼琴曲集》。」

「……」

「這點我當然也有想到，任意地使用店內商品。所以我才偷偷摸摸，趁店員不注意練習。彈琴前，我一定會把手洗乾淨。而且，我不希望身分暴露，給公司添麻煩，就戴假髮變裝。」

卓也拿出口袋的阿福柔假髮。

「不過，你靠自學就彈出那麼難的曲子嗎？」

「花了我兩個月的時間。」

——只花兩個月，手指就能移動得如此神速……這個人果然無敵。

「況且，會彈高難度曲子，簡單的也不成問題——這麼說沒錯吧？」

會彈高難度曲子，簡單的也不成問題——這句話狠狠打在矢吹胸口。

——換句話說，只要能打敗高手，其他的對手也沒在怕的囉。

矢手雙眼直勾勾地看著卓也。

——對，打敗這個男人，我就能成為世界冠軍。

矢吹緊握拳頭。

——我要打垮你！

沒注意到矢吹心情的變化，卓也靦腆地說。

「可是，我還不會彈〈手握拳手張開〉及〈鬱金香〉。」（此兩首為日本兒歌）

矢吹一步步接近卓也背後，思考著要採用什麼攻擊法。

——先照書上教的，由左刺拳開始……耶，等等，對付這個人不能按照常理，那就使出全身力量，以右直拳突襲。

大大吸一口氣後，拳頭即將揮出的瞬間，矢吹停止動作。

——幹嘛，搞什麼花樣。

卓也朝樹葉數度伸出手指。

隨風搖擺的葉子，中心點被刺穿一個洞。

「……」

矢吹不敢相信自己的眼睛，與卓也並排，矢吹也朝樹葉揮拳。

咻！

右直拳打中樹葉。樹葉旋即掉落地面。

「打得好，不愧是專業拳擊手。」卓也說。

「我也希望趕快跟你一樣，成為專業保母。」

「……」

矢吹一句話都說不出來。

樹葉不安地晃動，只要有一定的速度，拳頭即能將樹葉揮落地面。然而，用手指在樹葉上戳洞的話——那需要何等的速度……

卓也可怕的程度，令矢吹打了個冷顫。

——還不成氣候，現在的我贏不了他。

矢吹望著自己的拳頭。

——總而言之，先取得東洋冠軍。等世界冠軍到手時，再堂堂正正跟這個男人對挑。

感覺渾身充滿力量。

——等到那天到來，就在公園一決高下。
立下決心的矢吹對卓也說：
「不過，面試前能動動手指真是太好了。老實說，明天開始的三連休，托兒所的面試一個接一個，總共有二十四間托兒所寄通知來，一定會有一家托兒所欣賞我的熱情。」
卓也淺笑。
「三連休結束，我就是保母。」
矢吹聽到卓也的話，不禁大感疑惑。
「面試明天開始嗎？」
「沒錯。」
「明天開始三連休，托兒所難道沒放假？」
忽地，卓也的笑容凍結。
他搖頭跟矢吹說：
「可是，你看。」
掏出西裝內袋裡二十四個信封。
「通知書都寄給我了，肯定不會錯。」
矢吹接過通知書，看了一看。

「保險起見，先打個電話問問如何？」
卓也拿手機撥號碼。
話筒靠近耳朵，
「喂。」
只說了一句話，卓也僵在原地。
「怎麼了？」
矢吹問，卻得不到回答。整個人宛若被瞬間冷凍，動也不動。
矢吹搶過卓也的手機，耳朵靠上去後，
「……您撥的電話是空號，請查明後再撥……。」
語音不斷重複。
「我可能太緊張按錯號碼。」
卓也拿回手機，打別張通知書的電話。
「停，二階堂，不要再打！」矢吹說，但卓也根本聽不進去。
「……您撥的電話是空號，請查明後再撥……」語音又重複一次。
卓也快速翻閱通知書，再打一次電話。鬼一樣的神情，讓矢吹無法動彈。一屁股坐在地上，不住地發抖。

手機粉碎的聲音，解開矢吹身上的咒語。手機零件散落一地。

「二階堂……你沒事吧？」

矢吹出聲呼喚，卓也並未回應。帶著空洞的眼神，將通知書捲成一束，一口氣撕爛。

通知書飄散在風中。

很快地卓也開始收拾通知書和手機碎片，大概是意識到不能亂丟垃圾。

「矢吹……」

卓也在原地不停打轉。

「我一定要成為保母，然後，和可愛的小朋友度過快樂的每一天。」

「那真是太好了。」矢吹說。

——還好，好像從打擊中站起來。

矢吹鬆一口氣。不過——

「可是在那之前，我要讓那可恨的國中生，受到應有的懲罰。」

看到卓也這副模樣，矢吹心臟快停止。卓也渾身散發出強烈的殺氣，連停在枝頭上的鳥兒，也驚恐地飛離。

日後，矢吹稱霸東洋錦標賽，接受訪問時說：「害怕對打的選手？沒那回事，更可怕的我都經歷過。」

第二部

遊戲開始

01

太陽下山。
對於習慣都市的人來說，山上的夜黑得可怕。
「快開始了。」
創也從剛剛開始，就不停在房間繞圈。
動物園的熊也沒他勤快。
「遊戲到底會如何開場？」
「嗯……」
我想。
「會不會有人扮演刺客，趁我們睡覺的時候偷襲？」
如果這樣的話，要趕緊準備設陷阱，讓刺客無法輕易溜進來。
對於我的點子，創也冷哼一聲，聳聳肩。
不說也很清楚——我又被當白痴。
「我們等等要玩的『終極ＲＰＧ——ＩＮ塀戶』，你知道誰創作的嗎？」

明知故問。

「栗井榮太啊。」

我答。

「That's right！無趣且平凡的開場並非栗井榮太的作風。」

……我了解。

我只想得到無趣且平凡的開場，索性閉嘴不說話。

創也在房間走來走去，嘴上邊碎碎唸。如果動物園的熊，同樣碎碎唸且在柵欄中繞圈——光想就覺得討厭。

「那麼，栗井榮太到底要如何開場，恐怕跌破全部玩家的眼鏡。」

創也停止走動，手抵著下巴沉思。

我問創也：

「今天換作是創也，你會準備怎樣的開場？」

既然把我的點子批評得一無是處，那表示創也有更好的意見。

「這個嘛……」

創也走到窗邊，揭開窗簾。

「讓飛碟升空。」

飛碟升空！那有點困難吧！

我驚訝地合不攏嘴，創也不理會繼續說：

「分配角色時我就注意到，栗井榮太想把我們的視線轉移到空中。」

確實如創也所說。

我們是「天文社社員」，森脇先生是「幽浮研究家」，金田先生雖然是「廢墟愛好者」，但從毀壞的屋頂，也能清楚看見天空。

「而且朱利爾做了幽浮模型，我覺得那跟『終極RPG——IN塀戶』脫不了關係。」

「可是，要讓飛碟升空——」

當我企圖反駁時——

碰！

窗外響起劇烈的爆炸聲。

不只玻璃，整棟民宿都在搖晃。

……怎麼回事？

我們打開窗，觀察外面的情形。

森林的那端冒出火焰，比夜色更黑的濃煙不斷竄出。

創也看著我。

他的表情——興奮得想尖叫，卻硬忍下來。第一次看到創也這樣。

「開始了！這就是『終極ＲＰＧ——ＩＮ塀戶』的開場。」

「……到底發生什麼事？」

「很簡單，飛碟掉下來。」

創也直言。

「遊戲開始！」

我們來到一樓。

拿地圖確認爆炸聲傳來的方位，是一個叫「風神屏風」的地方。

走廊上聚集六個人。

堀越導播和堀越美晴，麗亞與朱利爾兩姊弟，扮演老闆的柳川。

神宮寺一個人靠著牆，遠離大家。現在遊戲已然開始，神宮寺便成為遊戲王——雖然他在這裡，其實他不存在。

沒錯，遊戲全面開展。

「剛才什麼東西爆炸？」

創也問柳川。

「不知道，但的確有東西爆炸了……。」

柳川答。

一旁的堀越導播開口說：

「難道是飛機墜毀？還是直升機？」

喔，這就是有知識的大人的想法。

柳川拿來兩個警用手電筒。

「假若是飛機墜毀，我們要趕緊去搶救。堀越，一起來好嗎？」

說完，直接將手電筒塞給堀越導播。平常不愛講話的他，這時卻說得很流利。

「我們也去。」

我說。不是唸稿，而是自然的語氣。換言之，在現實世界裡，我也這樣說話。

看看創也，毫無表情。耶？他不想去爆炸現場嗎？

「龍王去，我也去！」

堀越美晴說。

創也去她就去，創也不去她也不去，我存不存在，對她來說都沒差。

「我也想去！」

朱利爾說，不過馬上被麗亞阻止。

「不行，乖乖聽姊姊的話。」

「嗯，不要衝動。」

柳川敞開雙臂問創也：

「你們老師呢？」

創也聳肩。

「我們也不知道，可能下山買工作情報誌去了。」

嗯，就自由發揮而言，這台詞不是太高明。

「喔……我正希望多一點男人。」

柳川環視眾人。

「只有小孩和女性，畢竟還是有些危險。我和堀越先到現場看看，其他人請待在屋內。」

「正確的判斷。這種狀況下，稍有常識的大人，絕不可能允許小鬼去爆炸現場。」

遊戲王神宮寺說。

說完，他拿著一根警用手電筒，離開民宿。

柳川放鬆臉部神經。

「不能使用手機嗎？」

創也問，柳川搖頭。

「塀戶村收不到訊號。」

丟下這句話後，柳川和堀越走出民宿。

「啊，我好想去喔……」

朱利爾雙手環抱在頭後面。

「放棄吧，姊姊唸故事給你聽。」

麗亞欣喜地飾演朱利爾姊姊一角，難道她沒注意到朱利爾僵硬的笑容嗎？

「就算回到房間，我也興奮地睡不著。不然我們打撲克牌，等我爸他們回來。」

堀越美晴主要跟創也一個人說。

我正想贊成時，

「不，今天走那麼久的山路，我累壞了。不好意思，我想休息，堀越也回房休息吧。」

創也擋在我面前說。

我嘴巴不斷蠕動，就像缺氧的金魚一樣。

創也朝堀越美晴揮揮手。

「睡眠不足皮膚會不好喔，明早，我希望看到妳燦爛的笑臉。」

聽到這句話，堀越美晴笑著回房。

「我們也回房間吧。」

創也推我的背。

我又回到缺氧金魚的狀態。

「你什麼意思？」

回到房間後，我吼叫。

「你是指不去爆炸現場，乖乖回房這件事嗎？」

創也一臉心平氣和。

「錯！堀越美晴很難得說要一起玩撲克牌，你卻拒絕她！」

「是這件事啊……」

創也嘆息。

這小子——根本沒注意到自己犯下什麼滔天大罪，給他一點顏色瞧瞧！

我抓住創也衣領。

「對一個健全的國中生來說，跟女孩子玩撲克牌，比背誦一千個『考試必出的英文單字』來得重要！」

「冷靜一點，內人。」

創也優雅地撥開我的手。

「你忘了我們來這的目的嗎？」
「當然是跟堀越美晴打撲克牌啊。」
創也一副受不了我的表情。
「我們來玩『終極ＲＰＧ——ＩＮ塀戶』，為了戰勝栗井榮太。」
……啊啊，對啦。
「看來你似乎明白。」
創也拍打我的肩膀。
「小叮噹拿出竹蜻蜓來吧。」
耶，竹蜻蜓？所以……
創也頷首。
「現在開始離開房間，往爆炸現場前進。剛才的情況，無論我們怎樣表明非常想去的意願，也不會被允許。」
原來這樣，創也才聽話地回房間。
「這種狀況，若我們坐視不管，你不覺得很假嗎？」
的確。
「That's right.創也。」

我仔細端詳整個房間。
感覺能用的東西……只有床單。
從包包拿出奶奶給我的小刀。
令我想起第一次跟奶奶到山上的事。

奶奶看到不安的我，忙著將許多東西打包進袋子中，她說：
「萬全的準備確實比較心安，卻使人綁手綁腳。」
當時年紀甚小的我，並不明白奶奶話裡的含意。
「奶奶的行李呢？」
我問，奶奶從炊事服中拿出一把小刀。
「就那樣？」
「嗯，就這樣。」
奶奶咧嘴一笑。
——進入山中以後，我終於理解奶奶說的話。
我因為行李過重，而行動不便，奶奶只是在一旁觀看。
「如何，內人？」

奶奶看著我說。

「山裡看似什麼都沒有，其實什麼都不缺。只要帶這把小刀入山，就綽綽有餘啦。另一樣必要的東西，讓奶奶告訴你。」

「另一樣？除了小刀以外，還要別的？——是水嗎？」

這時，奶奶手指著我的胸口。

「不管發生任何事情，都要抱持『我要活著回家』的意志。這一點，比所有裝備都重要。」

——謝謝您，奶奶。雖然我還未成氣候，但起碼那點意志我不敢忘。

用小刀切開床單，三條細長的床單，編成一大條。

簡易的繩索完成。

本來打算叫創也幫忙做，後來我想想覺得不妥，他做的繩索靠得住嗎？

繩子一端綁上堅固的木製床腳。

使勁吃奶的力氣拉，床稍稍動了一下。不過，沒有問題。

「如果是餐廳的桌子，會更為堅固。」

創也說。

「為什麼？」

「你難道沒注意？餐廳的桌子直接固定在地板上。」

是嗎？話說回來，這傢伙觀察力可真是細心入微。

繩索的另一頭，垂下窗戶。

往窗外看，繩子長度可直達地面。

「竹蜻蜓呢？」

創也淨說些廢話，我不理他，手抓住繩子。

「卓也沒跟來，真是太幸運。」

創也有感而發地說。

「此話怎講？」

「因為卓也在的話，他肯定會看穿我們的伎倆。爆炸一發生，他會綁住我們的手腳，把我們鎖在房裡。」

……創也說的對極了，卓也比誰都了解創也的個性。

我率先利用繩索降落地面。

接著創也戰戰兢兢勉強下來。

我們面對面不發一語，互相豎起大拇指。

走，往風神的屏風出發。

02

穿過民宿中庭，來到雜草叢生的道路。

四周一片漆黑，只有星星和月亮的光芒，不過對我來說已經很足夠。

風神屏風的方位很容易明白，只要循著焦味飄來的地方前進即可。

稍加注意突出的樹枝及腳邊的小石子，比起大城市坑坑疤疤的道路要好走多了。

背後不時傳來「喔！」「哇！」的聲音。

「喔！」是創也被樹枝戳到，「哇！」是被小石子絆到的悲鳴。

「我已經夠小心了……」

創也說。

「一到山上你就變得很活潑。」

……我一直都很活潑。

遠離道路，我們朝森林邁進。

在樹林中行走，使創也發出更多哀嚎聲。

越接近風神屏風，焦油及樹木燃燒的味道愈發強烈。要是奶奶在的話，一定會警告我別靠過去。

前方火焰沖天。

突然眼前毫無樹木遮蔽，視野一片寬敞。

不妙！

我抓住一旁的樹枝緊急煞車，拉著後到的創也脖子，讓他不得往前。

「幹嘛？」

創也不滿，他的腳邊有小石子滾落。

高度約二十公尺的懸崖。

如果我沒有即時阻止，他便失足掉下懸崖。大概察覺到這一點，創也停止抱怨。

火光來源就在懸崖下。

往前一看，觸目所及皆是巍然聳立的岩壁。

那應該是風神屏風吧。

燃燒劇烈，火焰直往上竄到岩壁。

所以，不明飛行物體是撞上風神屏風後掉落下來。

不明飛行物體還在激烈燃燒著。

「可不可以想點辦法從那裡下去？」

創也手指著二十公尺遠的地方。

我制止。

「最好不要，柳川他們在。」

燃燒的飛行物體旁有四個修長的人影。

柳川和堀越導播，遠一點的是神宮寺。

那，另一個人……

「金田先生或森脇先生其中一個。」我說。

創也直言：

「森脇先生的可能性高一點。」

「怎麼說？」

「你看看地圖，風神屏風旁並沒有廢屋。我們因為靠近風神屏風，『廢屋愛好者』的金田先生，搞不好住在遠一點的廢屋，沒注意到爆炸。另一方面，森脇先生是『幽浮研究者』，而且住在帳篷，說不定正遙望夜空，找尋幽浮的蹤跡。誰比較容易注意到爆炸，仔細想想當然是森脇先生。」

說得有理。

「話又說回來，栗井榮太花了不少錢呢！」

創也盯著燃燒中的物體說。

「殘骸中看不到機翼或螺旋槳，很明顯並非直升機或飛機。整體來說，跟墜落在羅斯維爾的幽浮非常相似，製作得頗為精美。」

創也喃喃自語。

「下面那些人也知道飛碟掉落，問題是接下來呢？」

「問題？」

「純粹是我個人的想像。」

當創也使用這種說法時，雖然使用『想像』如此謙遜的字眼，但其實已接近『正解』的意思。

「我在某本書有讀過——需時幾百、幾千年的太空旅行，並非靠肉體支持。最佳方法是，以意識體來駕駛太空船。」

「……」

話鋒一轉地談論起科幻題材，創也若無其事地繼續說：

「所以，飛碟上只有外星人的意識體。那個意識體今後將何去何從？飛碟毀壞，意識體很難繼續生存，它要盡快尋求肉體。」

「然後呢？」

「此刻已寄生到某人身上。」

聽到這句話的當下，不禁打個寒顫。

當時現場有四個人——不，除了神宮寺外另外三人，其中一個……

「沒錯，有人被寄生。」

冷汗流過我的臉頰。

創也與我相反，反而流露出欣喜的表情。

「能來這裡真是棒呆了！既能親眼目睹飛碟的墜落現場，又能知道有誰來過。」

火焰的光芒，在創也臉上留下神秘的陰影。

「得到這些情報，對我們相當有利。」

那時，我注意到墜落現場附近的懸崖邊有個很大的裂縫，裂縫並不是一直呈現露出的狀態，裸露的岩石和土將它佔據。因為飛碟爆炸，才讓這條裂縫重見天日。

中間有茂密的灌木叢，導致下面那些人沒有注意到裂縫。

「創也——」

「嗯？」

「你有沒有看到那裡有條裂縫？」

「哪裡？」

創也身體移動，大塊大塊的石頭從他腳邊掉落，發出嘈雜的聲音。
糟糕！
我和創也趴在地上，趴下的瞬間，感覺神宮寺往我們這邊看。
身體趴著往後退。
離開懸崖一段距離，我告訴創也：
「有條裂縫！我們分頭找找看，有沒有路能到那裡。」
創也沉默地點頭。
我往右邊，創也往左邊。

一面注意不要掉下懸崖，一面搜索，突然被一陣強光照射。
「果然是你們。」
是神宮寺，他關掉手電筒與我交談。
「你的夥伴呢？」
「在對面尋找通往裂縫的路。」
「喔，你竟然有發現。」
黑暗中看不見他的表情，不過神宮寺的聲音聽起來很愉快。

「到現在為止，你們了解多少？」

我把剛才創也說過的事情源源本本地跟神宮寺坦白。

・墜落的是飛碟。

・外星人只靠意識體駕駛飛碟。

・那個意識體試圖寄生在地球人身上。

「墜落的是飛碟這一點合格，你們不錯嘛。」

神宮寺的說法。

這不就代表創也說中所有的事情。

「既然你們都知道那麼多，我來告訴你們下個階段的提示。」

神宮寺點起一根煙。

打火機的火光浮現神宮寺的臉，看起來有點駭人。

「駕駛飛碟的外星人——」

神宮寺舉起一根手指。

「製作遊戲時，我們稱這個外星人為『巴歐』。」

巴歐？為什麼要取這種名字？

「首先，巴歐會寄生在一個地球人身上。之後，地球人一個接一個被寄生，巴歐以此來增加

他的同伴。」

神宮寺吐一口煙圈。

在我看來，他彷彿吐出身體裡的另一個生命體。

「身為一個遊戲王，在此階段只能說這麼多。」

說完，神宮寺步向創也的所在地。

「巴歐啊……」

創也一回來，我轉述剛才發生的事，他一臉嫌惡。

「為什麼取巴歐？」

我問，創也回答：

「因為是訪客。」

……完全聽不懂。

結果，仍然找不到通向裂縫的路，於是我們決定返回民宿。

走出森林來到馬路上時，有人叫住我們。

外星人？

我倆吃驚地跳起來。

「啊，抱歉，嚇到你們。」
森脇先生拿著手電筒。
耶？森脇先生沒去墜落現場？
一問之下，
「我現在正要趕去。」
森脇先生搖頭。
那就是說，剛才到現場的是金田先生。
「你們去過墜落現場？」
我們回答，只到附近看了一下。
「現場聚集四個人——柳川、堀越、金田、神宮寺。」
「已經這麼多人，那我不去了。」
森脇先生無所謂地說。
「可以嗎？作為幽浮研究家，過去看看才是應有的行為。」
創也帶點責備的口吻說。
「沒差，幽浮說到底只不過是未確定的飛行體。我只對天上飛的有興趣，已經掉下來的有什麼好看。」

一邊揮手，森脇先生一邊說。

理由一堆。

「你們要回民宿嗎？」

我們點頭。

「順道經過我的帳篷，聽你們說說現場狀況，我就不需特地走一趟，真巧。」

森脇先生將手電筒由下往上照自己的臉，真孩子氣。

森脇先生的帳篷，在我們相遇地不遠處——一走出森林有一畝旱田，帳篷就搭在旱田正中央。

帳篷遠大於我所想像。

「不錯吧，三兩下就搭起來，他們給的帳篷真是好貨。」

即使我、創也與森脇先生三人，還稍嫌太大的帳篷。

帳篷角落放置露營用具，那些東西的使用方法，我幾乎不曉得。不對，我甚至連如何搭帳篷都不知道。

當我跟創也說不會搭帳篷時，他張大眼睛。

「真的嗎？我不相信。」

「為什麼？」
「因為你是野外達人。」
天大的誤會。
「喂，創也，我不是特別喜歡野外。若真要選，我比較中意都市生活。」
「騙人！」
「沒騙人，都市既方便又舒適，有水有電。山裡面不能看書，也不能打電動。」
「……」
「而且，每次跟奶奶去山上，都沒帶露營用具，當然不曉得使用方法。」
我拿起手邊長得像鏡餅的東西。
「那是燃燒器。」
森脇先生教我，可是這東西哪裡能點火，實在很難想像。
也有像錄音機一樣的東西，山上收得到訊號嗎？
「食物也不少。」
創也說得沒錯，寶特瓶水、餅乾袋、調理包等等。
「啊，請你們喝杯咖啡，不過是即溶的。」
森脇先生熟練地使用燃燒器、小鍋子及金屬杯。

好方便喔。

我問。

「森脇先生，你對這些道具很熟悉嗎？」

「嗯，我時常到處旅行，基本的大概都懂。」

我想起之前對森脇先生的印象，不正是「探索自我的旅人」。

「你們是國中生吧，真好，有自己的夢想。」

森脇先生羨慕地看著我們。

「二十年前我也像你們一樣，到底哪裡出了差錯？」

「森脇先生，你從事什麼工作？」

「對外都是說沒有固定職業，其實我是個冒險家。」

我們沒有任何反應，頭一次遇見把冒險當工作的人。

創也看我一眼，我對冒險家這種危險工作不感興趣。

森脇先生露齒微笑。

「我本來想如果被笑就開扁，但你們沒笑。」

森脇先生伸了個大懶腰。

「大學畢業後，也不知怎麼搞的，並不想就職。翻閱公司簡介，起薪多少、工作到退休又可以賺多少，光想到這些我就不願工作。」

「……」

「此後我再也沒有就職過，真惱人的性格，老是幻想一攫千金。」

嘴上這麼說，卻看不出他對自己的生活方式有任何後悔的地方。

森脇先生問我和創也：

「對了，究竟什麼東西墜落？」

我們把看見的東西毫不保留地告訴他。

「沒有機翼也沒有螺旋槳……難道真是飛碟？」

「絕對不會錯，遊戲王也證明了這一點。」

「如果去到現場，說不定變成外星人，還好我沒去。」

森脇先生的眼中閃爍著光芒。

「對了，哪種外星人？電影『異形』出現的那一種嗎？」

創也搖頭。

「不是肉體型態的外星人，是意識體。」

「意識體？」

森脇先生大惑不解地問。

「有證據嗎？」

創也點頭稱是。

然後像是突然想起什麼一樣說：

「啊啊，說到這，有看到一個像小洞窟的東西。」

「洞窟？」

森脇先生顯示出高度的興趣。

「嗯，只有站在懸崖上才看得到。墜落現場的那些人，因為被中間的灌木叢擋住，所以沒注意，但千真萬確存在。」

創也以表情詢問我「對吧？」，我點頭回應。

「原本被土和岩石覆蓋，爆炸的衝擊使它現形。」

「嗯，比飛碟掉落更讓我感興趣。」

森脇先生手中握著手電筒。

「我現在過去看看。」

意思不就是，咖啡都還沒喝，就要將我和創也趕出帳篷。

森脇先生，你也太猴急了吧……

離開帳篷，我們走在回民宿的路上。

「關於接下來的發展，第一要務，是要分辨出誰是巴歐。」

創也說到「巴歐」時，嘴角有些扭曲，一副厭惡的樣子。

耶？

「……」

「怎麼了？」

我頓時不出聲，創也好奇地問。

「……你沒察覺嗎？」

我望著前方小聲地說。

從剛才開始，脖子有種刺刺的感覺，又沒有被蟲咬到……

以前在山上也發生過同樣的事情，當時奶奶說：

「大概被年輕的野狗或什麼東西跟蹤，牠在試探對方究竟是強是弱，如果聽得到腳步聲就不用緊張。」

「怎麼知道牠年輕？」

「慣於襲擊獵物的肉食性動物，會盯著獵物的腳。如果是脖子，很快獵物便有所覺。『生手』不知箇中奧妙，狩獵經驗尚淺。」

奶奶說的「生手」，直到國中我才知道，它是指「初學者」的意思。

我鬆了一口氣。

幸好背後那東西還不習慣突擊獵物……

我跟創也說：

「剛才有東西跟著我們。」

「耶？」

「不要回頭。」

趕快阻止創也。

即使回頭，天色太黑創也仍然看不見。而且，對方若知道我們已察覺被跟蹤，很可能採取行動。

「你脖子不會刺刺的嗎？」

「……完全不會。」

我放棄繼續追問創也。

「走快一點。」

「等……等、等一下！」

不理創也，我逕自加快腳步，創也腳步踉蹌地跟在後面。

混合著他的哀號，我聽到跟蹤者的腳步聲。

Lucky！

跟蹤者並非野狗，是人類。對方雖然刻意壓低腳步聲，但他並不習於夜晚的山路，我來想點辦法。

「這邊！」我拉著創也的手，鑽入道路旁的草叢。

「等等！那裡沒有路！」我才不管創也的抱怨。

穿過草叢，在森林裡奔跑。

跑到河岸，眼前是一條細長的河流。

「我懂了，走進河川，味道便消失，電視或電影常有的情節。」

創也說。

我搖頭嘆息。

「走進河川也無法使味道消失。」

「怎麼不會？」

「除非潛到水裡，否則頭露出水面，野獸還是會根據頭上的味道追過來。」

這次換創也嘆氣。

「不過，追我們的不是野獸，是人。」

說到此，我們兩人共同往上游跑。

穿越竹林，跨越石垣，手被我拖著的創也，不慎撞上石垣。
石垣後方雖然雜草叢生，但終究是畝旱田。
邊角有四間農具棚。
我們打開最邊間的門，跳入棚內。
農具棚約有四張半榻榻米大小。
地上是堅硬的土壤，牆上掛著備中鍬、鋤頭、鐮刀以及草繩。
將角落放置的岩石抵住門，剩下不管什麼東西，通通搬來擋門。
農具棚內肥料袋堆積如山，我和創也躲在那座山後。
「跟蹤者會追來嗎？」
創也問，很難回答。
「我一個人的話，也許不會被追上。因為多一個創也，導致速度拖慢……」
「你這是在怪我囉？真敢講，你給我看看。」
創也比比他的臉和手腕。
到處傷痕累累。
回頭再擦擦紫藥水，那也要平安無事地返回民宿才行……
「創也，你告訴我，到底是誰跟蹤我們？」

我悄聲問。

「我怎麼會知道！」

「你的工作不是負責思考嗎！」

「不可能，一點頭緒都沒有。」

「噓！」

我用手遮住創也的嘴巴。

碰碰碰！

敲門聲從最外面的農具棚傳來。

我和創也閉緊嘴巴，將身體縮到最小。

碰碰碰！

碰碰碰！

聲音越來越大。

輪到敲我們這間農具棚的門。

碰碰碰！

門打不開，因為我們設置障礙物的關係。

碰碰碰！

碰碰碰！

敲門聲停止。

豎起耳朵仔細聽門外的情況。

喘息聲、踐踏草地的聲音。

窸窣聲加上喀嚓聲。

跟蹤者要幹什麼？

不久，一切歸於平靜。

腳步聲也逐漸遠去。

「……走了嗎？」

「……應該走了吧？」

等到聽不見腳步聲，心臟跳了六十下後。

我們一起吐口氣。

「剛那是誰？」

爬出肥料袋，我說。

「一般來說，應該是在墜落現場的某人。」

創也話才說一半。

雖是肯定說法，卻有些矛盾的感覺產生。
怎麼形容才好呢？
將我們逼到死角的人物——渾身散發出可怕的氣息。
——被發現會有賠上性命的危險，人的本能這麼告訴我。
「也許……」
我盡量用開玩笑的語氣說：
「墜落的是真正的飛碟，真的外星人攻擊我們——應該不會吧？」
「廢話！栗井榮太再怎麼神，也不可能搞出真的外星人來。」
創也也輕鬆地回答。
不過，眼睛卻無笑意。
此時，聽到一陣啪啦聲，緊接著，牆壁縫隙跑出一堆白色東西。
我呆呆望著白白的東西。
是不是外星人的意識體從縫隙鑽進來？
「放心，不是外星人，只是白煙。」
創也和我有一樣的想法，所以他鬆了一口氣。
呼，還好，單純的白煙，不值得害怕。

不對……等等。

怎麼會有煙跑進來？

啪啦聲愈來愈清楚。

這是……草燃燒發出的爆炸聲？

「不好了！火燒屋了！」

我慌張打開門，可是——打不開。

都是創也的爛點子，弄什麼障礙物。

「怎麼能都怪我，你也有弄啊。」

創也不滿地說。

農具棚內的溫度好像越來越高，是我想多了嗎。

「方才的窸窣聲，是門外堆柴的聲音。我們會先被燒死，或先窒息而死。」

創也冷靜地分析。

這種情況下，創也安定的情緒讓我放不少心。

我問：

「你竟能如此冷靜，肯定想得出逃生的好方法。」

「耶？」

我真是個白痴。

算了，現在不是跟創也發脾氣的時候。

我們走到窮途末路……

穩住陣腳，絕對有方法逃出去。

越是緊急時刻，越不能恐慌。

沉著一點。

我也告訴創也：

「請你安心，我已經冷靜多了。」

創也卻坐在肥料袋上，微微一笑。

輪到我不可思議。

「這個時刻，你如何能鎮定？」

「山裡是你的地盤。」

創也指著我。

「跟你在一起怎麼可能會死。」

「……唉。」

我嘆氣。

承蒙你如此信賴我，不做點什麼太過意不去……

沒錯，這裡是山中，奶奶教過我怎樣活著回去。就這麼死掉，奶奶可會發火。

我環顧農具棚。

跟城市大不相同的一點，地板由土壤構成，所以……

我取下兩把備中鍬，一把交給創也。

挪開肥料袋，交代創也挖掘最裡面那道牆角。

「喔，起火點是窗戶邊，牆角下挖個洞即可逃生。」

有點不同，創也，但我不想浪費時間解釋。

地板的土壤，被狠狠地踏過，就算使用備中鍬，也不太好挖。

背部發熱。

挖了五公分左右，終於看到牆底。

這間山中農具棚，不需費心打地基，直接建在地面上，果然我的想法正確。

我又拿來鋤頭，插進牆下。

「創也，拿個東西來支撐鋤頭。」

到這步田地，不用我說明創也自然明白。

「給我個支點，那樣一來農具棚便能移動。」

「……剽竊風濃厚的台詞。」
創也嚴厲地批評。
我們使盡全力將鋤頭往下壓。
小屋輕易地被抬起來，比想像中容易許多。
創也搬肥料袋塞住縫隙，終於呼吸到新鮮空氣。
我們爬出農具棚。
呼……

03

四間小屋陷入了熊熊火海。

我拿著鐮刀將農具棚四周的草割除，以防大火蔓延到森林。

「那把鐮刀哪來的？」

創也問。

「農具棚，逃生時不忘順便帶出來。」

邊跟創也說話，手沒停過地繼續割草。

將刈除的草直接丟入火海。

「你真有先見之明。」

創也佩服地說。

「不過既然有鐮刀，我們幹嘛要怕。」

創也說。

「為什麼？」

「鐮刀可以當武器。」

「……這不是武器。」

我定睛細看手中的鐮刀。

這是割草的道具——也是農具，不是武器。

「你很頑固喔！回顧以前的歷史，農民起義時，他們不也是拿著鐮刀當作武器使用。」

「以前——」

我曾將歷史課學到的武裝起義告訴奶奶，當時她教了我一件事。

「奶奶說，武裝起義時，農民手中的鐮刀、鋤頭，並不是當作武器使用。」

「那不然呢？」

「起義時拿著鐮刀或鋤頭，是要作為自己的身分象徵。」

奶奶不是歷史學家，但對於她的話，我始終深信不疑。

「農民們對自己的職業感到自豪，所以，不會把農具當武器使用。」

當然，我更不可能將鐮刀當作武器。

「……那是你奶奶說的嗎？」

創也再次確認。

「是的。」

「我也要向你學習，鐮刀不是武器。」

創也滿面笑容。

我遞給創也一把鐮刀。

全部的草都除光後，順手便將鐮刀丟入火堆。

塀戶村中曾經有人用過鐮刀，今後再也不會有人使用。

辛苦你了，請跟隨塀戶村的土壤安息。

三十分鐘後，農具棚已化成灰燼。

呼……

四周圍的草事先割掉了，因此不擔心發生森林火災。

我們找了一塊地一屁股坐下，避開熱氣和煙霧。

噗通跳的心臟，也漸漸回復正常速度。

夜空中的星星，光彩奪目。

這時候——

我猛然抓住創也的衣領怒吼：

「搞什麼！這遊戲，差點讓我掛掉！」

「跟我抱怨，你有沒有搞錯！」

創也平心靜氣。
的確不是創也的錯，我鬆開手。
「不過，剛才確實很危險，已經在鬼門關前徘徊。神宮寺說不會危及性命，根本是騙人的嘛！」
「……」
創也沒有回應，神色嚴肅不曉得在想什麼。
「怎麼了？」
「有可能是bug（日文發音為Bagu）……。」
創也自說自話。
「是那個傳說中吃夢的怪獸？」
「你指的是貘（日文發音為Baku），我說的是電腦用語，指程式裡的問題。因為發生連程式設計師都預料不到的動作，使得系統產生錯誤及破壞。」
「……」
我根本聽不懂，於是創也換個簡單的說法。
「說穿了就是，栗井榮太也無法事先預測，有人跟蹤並放火企圖燒死我們。」
「所以要殺我們的人，跟遊戲毫無關聯？」

「恐怕如此。」

「證據呢？」

「神宮寺說過的那句話：『為了創作遊戲賠上性命都在所不惜，可是，玩遊戲並不要你賭命。』──這句話，我絕對相信。」

「……」

沒辦法，我也只能相信。

但是──

「你說打算殺害我們的人跟遊戲毫不相干，那到底是誰呢？」

「我也不斷思索這個問題。」

創也伸長食指。

「蓄意殺害我們的人──暫且稱他為『X』，X是否為遊戲參加者的一員？」

我默想。

──肯定是！

村子唯一的對外出口──隧道，不知道被誰刻意封鎖？X是玩家其中一人，只有這個可能。

創也也點頭贊成。

「跟我想的一樣，毀掉隧道的或許是X。」

創也伸出第二根手指持續說：

「我們來挑選符合X條件的人。」

我數一數。

「最可疑的還是墜落現場那四人。」

金田先生、神宮寺、柳川、堀越導播。

「另外包括森脇先生。亞久亞很難判別，先暫時保留。朱利爾、鷲尾麗亞、堀越美晴三人排除在外，可以嗎？」

「為什麼？」

「因為他們都在民宿睡覺。」

我答，創也聳聳肩。

「無法斷定他們真的在民宿睡覺，事實上，我們不也是從房間偷跑出來。」

說得對極了。

「不過堀越美晴倒是可以摒除，麗亞和朱利爾也——」

「理由呢？」

「那三個人的跑步速度，明顯比我們慢。」

「……亞久亞暫時保留又是啥原因？」

「她在山中成長，跑步速度說不定比我想像中快。」

創也冷靜地分析。

「金田先生上了年紀也可剔除，但他的行動不應該屬於這種年紀。」

你說得很有道理。

創也老是窩在城堡與電腦為伍，金田先生的運動神經當然比較發達。

就之前所述做個總整理——

「森脇先生、神宮寺、柳川、堀越導播、金田先生等五人最可疑，亞久亞暫時保留。沒錯嗎？」

我問，創也點點頭。

「然而，最重要的一點仍舊不明白，為什麼X要殺我們？」

「這個嘛……」

相較於四處與人結仇的創也，我不記得有哪裡得罪過人。更何況辜負他人感情，引來殺機……

此時，我腦中浮現令人驚嘆的推理。

因為我始終跟在創也身旁，所以連帶被捲入。其實整件事跟我一點關係都沒有，嗯，一定是這樣沒錯。

「創也，不用去猜測被害的動機。」

我一說完，馬上感覺到創也犀利的眼神。

「你現在腦中打什麼主意，說來給我聽聽……」

「此刻分析現狀擬定對策，才是最重要的不是嗎？」

我嚴肅的口吻，使得創也無論多不爽，也只好閉嘴。

心情平復後，創也才開口說話。

「但以上的推理若有錯誤的話……」

……錯誤？

「也就是說，X並非遊戲成員的情況——極端的說，假設X真的是外星人，如此一來我們之所以被鎖定，跟其他地球人被外星人攻擊的原因一樣，他們是隨機襲擊人類。」

「不會吧？」

「……」

創也面對著我。

我們對看了一分鐘之久，然後，一同笑了起來。

「創也，我差點被你騙！」

「開個小玩笑！」

笑到肚子都發疼後，創也說：

「宇宙浩瀚無垠，當然無法否定外星人的存在，和地球人相當——不，擁有更高度文明的生物，絕非少數。」

創也抬頭仰望夜空。

「然而，宇宙的歷史和寬廣的程度，要讓文明的生物相遇沒那麼容易，簡單地計算一下——」

創也一邊唸，一邊掰開手指計算。拾起一根木棒，在地面上寫下奇奇怪怪的公式。

五分鐘後，

「假設美洲大陸只有兩隻螞蟻，那兩隻螞蟻相遇的可能，即是文明的外星人到訪地球的機率。」

「有那麼小嗎？」

我相當吃驚。

「一九六九年人類才正式登入月球，所以，還要四十年人類才可能到達宇宙。」

是喔……是那樣嗎……

「宇宙生成的一百五十億年中，四十年大約有多長——你能想像嗎？」

我含糊一笑，怎麼可能想像得到。

創也憐憫地看著我。

「從你出生到現在，倘若有一百五十億年，四十年不過是一秒鐘的時間。」

一秒！

四十年——一段不算短的時間，在我的生命中竟然只有一秒……

「看來你好像稍微理解了。」

我們站起來。

「別執著外星人這種非現實的答案，想想現實吧。」

「也對。」

我們步上回民宿的道路。

回程我不說話，滿腦子想著剛進村時發現骷髏頭的事情。

那時創也說過，在不使用藥物的情況下，經過數年才可能變成這樣漂亮的白骨——

創也不曉得，即使不使用藥物，也不需放置數年，仍然可以……

讓肉食性動物吸吮骨頭，仔細、小心地吸吮，骨頭就會成為漂亮的白骨。

如果……如果，肉食性的外星人偷襲塀戸村村民……

所有的村民都被外星人殺光，而亞久亞被外星人寄生的話……

想到這裡，我用力搖頭。

不可能有這麼荒謬的事情發生，冷靜點，似乎已經無法區別現實世界和真人版角色扮演遊戲的世界。

不知是否搖頭過度用力，腦中出現更可怕的念頭。

額頭不自覺冒出冷汗。

這麼——這麼駭人的想法，不能一個人獨自承受，得跟創也說說。

創也走在我跟前，我伸手搭上他的肩。

他一回頭，我說：

「是卓也。」

「……卓也？」

創也一臉茫然。

我鎮定地跟創也說明。

「放火的人是卓也，這麼想謎題便容易解開。走山路追我們，對卓也來說只是家常便飯。為何要殺了我們？因為創也偽造通知書，讓他勃然大怒。」

我凝視創也。

月光下創也的臉色發青。

「卓也忙著面試，不可能來塀戶村。」

「你想想之前在民宿的事，那時，栗井榮太的電腦『春子』說卓也不會缺席。」

「……別耍白痴。」

創也縮縮肩膀。

「電腦只是機器，又不是萬能的神，卓也不可能來。」

「你確定？」

「……」

創也沉思，努力想反駁。

「卓也是我的保鑣，他怎麼會殺我們。」

創也的聲音微微發抖。

我要讓他面對現實。

「『忍無可忍』這句話知道吧？」

「……」

「累積的不滿，加上這次假造通知書事件，使卓也憤怒不已……」

我不敢再往下說。

搞不好我們按到原子彈的發射鈕……

04

回到民宿。

想尋原來途徑爬床單進房，卻被神宮寺抓到。

「喔，你們去烤番薯？」

神宮寺捏住鼻子說，我們渾身散發火災現場的濃煙。

創也左手指抵著右手心，做出「暫停」的手勢。

「神宮寺，有件事想跟你確認。『保障每個玩家的人身安全』——這句話沒騙人吧？」

神宮寺縮縮肩。

「到現在還問廢話！」

「那沒事了。」

「喂——站住。」

神宮寺阻擋創也。

「發生什麼事？」

我和創也將如何被神祕客跟蹤、如何差點被燒死在農具棚裡，簡略作了說明。

「……」

聽完我們的話後，他沉默以對，稍作思考後他才開口。

「我大概了解，以遊戲王的立場，實在沒辦法多說什麼，不過我再次向你們保證，我絕對會守護每個玩家的安全。」

神宮寺肯定地說。

「睡前如果要喝溫牛奶，餐廳有準備，我先去觀察村裡的動靜。」

神宮寺一抬手，轉身離開。

創也阻止將要爬繩索的我。

「等一下再回房。」

為什麼？我想快點洗好澡，上床睡覺。

創也見我滿臉不悅，他說：

「你猜神宮寺在這裡幹嘛？」

「幹嘛……飯後散步嗎？」

我的回答讓創也嘆了一口氣。

「神宮寺在等我們，他想傳達『事件』的訊息。」

事件——遊戲進行中，遊戲世界所發生的事情。

「剛他不是說餐廳有溫牛奶，他想告訴我們，去餐廳會有事件發生。」

「……」我沉思。

角色扮演遊戲的樂趣，在於隨時都有意想不到的狀況，任何一樣都不想錯過。

然而，今晚的捉迷藏及農具棚逃生記，已經夠我累了。（之後還努力除草。）

我正要開口，「今天就到此為止，趕快上床睡覺儲備明天的體力。」

誰知道，「不知道有啥事發生，好期待。」

創也早我一步，走向民宿玄關。

「……」

無可奈何下，我只能邁開腳步追隨。

玄關和走廊已熄燈。

我們摸黑前往餐廳。

一開門，餐桌燭台上點著九根蠟燭。

電燈也是亮著的。

兩杯溫牛奶就在餐桌，另外，兩盤牛角麵包與火腿、兩組刀叉。

此外別無他物，晚餐的椅子也被收拾乾淨。

餐廳只是個單調的房間。
牆上掛一幅畫也不錯啊。
我一手拿起牛奶杯。
「真的有事件發生嗎？」
一手伸向牛角麵包。
嗯，好吃好吃。
「創也，你不吃嗎？」
「……」
創也沉默不作聲，靜靜思考。
那我就不客氣，連創也的份一起吃掉。
「你不覺得奇怪？」
創也突然開口。
「太無趣了。栗井榮太將『終極ＲＰＧ——ＩＮ塀戸』弄得跟現實世界沒有兩樣，為什麼餐廳卻特別煞風景？」
「錢都花在其他設備上，沒有閒錢布置餐廳吧。」
我自認完美的答案，又被創也忽視。

算了，你愛怎麼想就怎麼想。

當我的手要去抓第二個牛角麵包時，餐廳卻無預警地關燈。

怎麼回事？

燭火擺盪。

門口有個黑影——莫非是X？

只剩燭火照亮周遭，與和燭火合而為一的黑衣人，很難判斷對方多高。

「……」

X不語，直盯著我們。

黑色面罩下，看不清他的表情。

「這傢伙是X嗎？穿著跟歌舞伎的黑衣❸很像……」

我小聲地問創也。

「黑衣有不同顏色的裝扮，當舞台場景為海或河邊，即穿藍色服裝，稱之為浪子或水子，雪景時穿白色，稱為雪子。」

不用解釋得那麼詳細！又多了些沒必要的常識。（恐怕至死都用不到。）

戴著黑面罩，無法確知X看向何方。敵人的表情看不清楚，這可難辨……

總之，先找找能使用的武器。

我和創也背後是餐桌。

眼睛仍舊直視X，腦中想想餐桌上有什麼東西。

有燭台，且蠟燭還在燃燒。山裡的野獸可以用火驅趕，但我不認為眼前的X會怕火。

此時，在餐桌上遊走的手指，似乎觸碰到物品。

叉子。

我小心翼翼握緊叉子，盡量不被發現。

黑面罩下的X開口說話，像吸過氦氣一般尖銳的聲音。

「不要做無謂的抵抗，你們兩個，根本不足以成為我的對手。」

自信滿滿的一句話。

創也朝X鞠躬。

「我有很多疑點想請教，麻煩你告訴我好嗎？」

我壓低音量跟創也說：

「什麼時候了還講究禮貌？」

「任何場合都不可忘記禮儀，特別是當對方並非地球人時，一個人無禮的行動，搞不好造成

❸歌舞伎中一身黑色妝束，綁黑頭巾出現在舞台上的人，並非演員。

全地球的損失。」

創也說得很對，不過創也可能沒注意到，X身上散發出不友善的氣味……

「你是正宗的外星人嗎？此刻是否寄生在地球人身上？剛才放火燒農具棚的是你嗎？如果是，我希望你道歉，因為我們差點就死在你手裡。」

「……」

X沒有回應。

我手握叉子，隨時準備丟出。

X從懷裡掏出一具像手機的機器。

猶如舉槍的動作，那個機器對準我們。

「好不容易能回到我的星球，滾一邊去。」

不妙！

手抬高叉子將要丟出的瞬間，機器發出強光。

過於刺眼的關係，手中的叉子滑落。

然而——

叉子並沒有掉落到地板，居然停在半空中。

怎麼會……

燭火熄滅。

一片漆黑。

「我們可以控制重力。」

黑暗中傳來X的聲音。

等……等！控制重力……這，難道不是真人版角色扮演遊戲？

與真正的外星人為敵，地球人根本不可能贏！

下一刻，我和創也竟身不由己地在餐廳來回滾動。

一面撞擊桌腳、牆壁，一面胡思亂想，原來柏青哥的彈珠是過著如此悲慘的人生。

創也不知道怎麼樣了，大概像烘乾機裡的浴巾。

沒過多久，我們便失去意識。

05

「……內藤，醒醒。」

做了個夢。

非常美的夢——和堀越美晴結婚後，每天早上都是她叫我起床。

「起來，內藤。」

我張開雙眼。

堀越美晴的臉近在眼前。

「哇！」

我想都沒想尖聲大叫。

堀越美晴吃驚地倒退一步。

「耶……」

花了兩秒鐘才掌握現狀。

這裡是栗子民宿的餐廳，我與創也被X攻擊昏倒在地。

陽光透過窗戶灑進室內，天亮了。

創也把味噌湯鍋放上餐桌。

「太沒禮貌，堀越好心叫醒你，一見到她，你竟然驚聲尖叫。」

創也忙進忙出。

「喂，養足精神的話，趕快幫忙準備早餐。」

「……」

我站起來走到創也身邊。

「昨晚的事應該不是夢吧？」

我悄悄地問，創也點點頭。

「我也希望是場夢……」

創也神色嚴肅地說。

「以現今的科學研究來說，人類仍未能控制重力。」

「……」

「X駕馭重力時，燭火全部熄滅，那是無重力狀態的證據。」

我歪著頭表示不懂，創也接著說明。

「小學有教過空氣對流吧，無重力狀態下，是不會產生對流的。沒有對流，就無法供給氧氣——以致燭火熄滅。」

聽得我寒毛直豎。
所以，那個X是真正的外星人……
不不不！我不願承認。
「果然是夢一場，農具棚火災讓我們過於興奮，導致兩人都做了同一個夢。」
恐慌吞沒了我，連最基本的常識都忘記，兩個人不可能做一樣的夢。
創也悲哀地搖頭。
「面對現實。」
創也指著我的手腳。
處處可見瘀青。意識模糊前，撞上桌腳與牆壁所留下的傷痕。
「如果是夢的話，才不會出現瘀青。」
「……」
事實如此。
我仍舊無法置信。
「創也你的看法呢？X真的是外星人嗎？」
創也回答：「很難講。」
……模稜兩可的答案。

我們兩人陷入沉思，堀越美晴出聲，

「我去廚房端菜！」

「喔——」

我精神飽滿地回答。

聽到堀越美晴的聲音，頓時充滿活力。管他什麼外星人、無重力，通通滾一邊去。而且，光回想剛才的夢，我不禁臉紅心跳。

「別一個勁傻笑，傳過去！」

創也把味噌湯推給我。

我乖乖照辦，現在不論誰挑釁，我都能微笑以對。

一邊傳遞味噌湯，我問創也：

「創也，你幾時醒的？」

「比你早一個小時吧，堀越一早起床幫忙弄飯時，把我叫起來。」

「嗯……」

我原來高漲的情緒，彷彿被針戳中。

馬上問出最介意的事情。

「為什麼不立刻叫我起來？」

「我有跟堀越說：『叫內人起來。』她卻回我：『讓他再休息一下。』她好體貼喔。」

「……」

堀越美晴是因為關心我，才不叫我起床嗎？抑或她其實想跟創也獨處，而讓我昏睡在地呢？

想到這裡，興奮的心情瞬間爆破，咻碰，委靡不振！

「哦，醒來啦。」

柳川提著鐵鍋走入餐廳，堀越美晴跟在後頭，手中捧著裝有荷包蛋的盤子。

「再怎麼年輕，也不該睡這種地方，今晚好好在房間睡覺。」

柳川一說完，創也旋即回答：「遵命！」

此時似乎不適合談論X。

隨著創也進到廚房，拿取調味料及小餐盤。

廚房整理得一塵不染，不鏽鋼水槽閃閃發亮，柳川一定下了不少工夫。

廚房角落有個袋子，上頭寫著「CORNSTARCH」，CORNSTARCH？

將小餐盤排放於餐桌上，

「啊，這種早餐最對日本人的胃。」

剛起床的堀越導播看到早餐後說。

竹筴魚、烤海苔、荷包蛋、海苔佃煮、味噌湯、醃漬物，還有剛煮好的白飯。

「已經幾十年沒吃過，鐵鍋炊的飯……。」

堀越導播懷念地說。

「我比較想吃吐司。」

「……好睏。」

說這些話的人是朱利爾和鷲尾麗亞。

「willow——說錯了，老闆，我味噌湯就好……睡意與噁心感讓我想死。」

麗亞手遮住嘴巴。

麗亞果然厲害，一出現立即平息大清早的騷動。

「公主，妳回房後就猛喝酒，當然會宿醉。」

朱利爾冷淡地說。

「叫我姊姊！」

大聲咆嘯的麗亞，沒多久臉色鐵青往廁所報到。

此情此景，頓時讓我忘卻「終極ＲＰＧ——ＩＮ塀戶」現正進行中。

我問在場的堀越導播及柳川：

「昨晚的爆炸，是怎麼一回事？」

「嗯，你問我，我哪知啊……」

堀越導播不知如何答覆才好。

「有個飛行物體掉落可以確定，但，那是啥就不得而知，現場也沒見到螺旋槳或機翼。換言之，不是直升機也不是飛機。」

「幸好沒有傷者。」

柳川插嘴。

「也對喔。」

兩人相視而笑。

他們兩人刻意避開「飛碟」這個名詞。

「不是直升機也不是飛機，難道是人工衛星？」

從廁所回來的麗亞說。臉色稍有好轉。

「喔，人工衛星！」

「正確解答！」

三個大人笑成一團，感覺他們都不想承認飛碟的存在。

朱利爾說：

「掉下來的應該是飛碟吧？」

三人的笑容僵住。

「真好，小孩子有自己的夢想。」
「不，他是現代社會中僅存的純真少年。」
「不錯吧，我弟弟啦。」
到此徹底明白，這三人完全不承認飛碟或外星人的存在。
嗯……
我獨自思索。
昨晚駕駛飛碟的外星人，若已寄生到某人身上的話，肯定會盡可能避開外星人的相關話題，避免使人察覺到自己的真實身分。
我凝視柳川和堀越導播，這兩人昨晚也在墜落現場。
很可疑……
然後望向創也，到底創也認為誰最有嫌疑？
創也突然捧著肚子，天真地說：
「好餓喔～趕快來吃早餐。」
「……啊，差點忘記，大家請就座，味噌湯都涼了。」
柳川說。
所有人坐在椅子上。

此時有個想法浮現腦海。

假如外星人企圖寄生的話，會採取何種方式？最快的方法——直接進入人體。

那麼，又要如何進入人體？

我盯著眼前的佳餚，對煮飯相當拿手的老闆，親手做的料理，每一樣看來都十分可口。

柳川雙手合十說：

「開動囉。」

隱約看到他嘴角上揚。

「啊！」

我大叫並同時起身。

所有人的目光頓時集中在我身上。

「耶……喔、那個……」

我一時語塞。

該說什麼才好？

「啊啊，對了，內人說他肚子痛。」

創也迅速接話。

「少吃一餐也許會好，放心，不只你一人餓肚子，我也作伴。可是，眼前豐盛的美食，要忍

住不動筷子，實在太殘酷了，乾脆到外面散步。所以，我們先離開座位。」
創也拉著我的手往門外走。
「喂，等……一下。」
不明就裡的我。
「真的不吃嗎？這些菜全是我一個人包辦，那位美食研究家沒有參一腳。」
柳川擋住我們的去路。
「你什麼意思？」
一面撥開竹莢魚，美食研究家——麗亞問。可怕的是，眼睛毫無笑意，發出聲響啜飲味噌湯。
「……對不起，我失言了。」
柳川低頭。
乘亂創也趕緊向大家說：
「我們先走一步。再會！」
創也往我背上一推，滾出餐廳。
「做什麼！幹嘛急著把我推出來！」

步出民宿大門，我問創也。

不料，創也反問：

「我才想請問你，剛剛為何突然大聲說話？」

我將當時內心所想的事情，快速說一遍——外星人說不定在早餐裡加料。

「懂了沒？假如那些菜被動手腳，堀越美晴他們也會成為外星人。」

「誰搞的鬼？」

「昨晚出現在墜落現場及煮飯的人——應該是柳川。」

「嗯……」

創也手支著下顎。

「快點回去，說不定來得及。」

別花時間思考！

「沒用。」

創也斷言。

「現在返回，柳川立即知道我們在懷疑他，然後，下一個目標便是我們。不要冒那種危險，而且，菜放了東西進去，要吃完才知道，此時回去也無濟於事。」

創也轉身大踏步邁向村子。

「……好冷淡無情。」

我將雙手擺在頭後。

「不對，你的個性本就如此，冷酷無情、沒血沒淚。」

「說得太超過。」

創也回頭。

「忘了它吧，只是個遊戲，又不是現實世界。神宮寺——遊戲王說過：『沒有生命危險，一旦真的有危險逼近大夥，我立刻伸出援手。』」

「……」

我盯著創也的眼。

「……知道。」

假裝了解，不過總覺得怪。

創也是標準的電玩宅男，關於遊戲，態度一向很認真。

創也居然會說：「只是個遊戲，又不是現實世界。」

創也走在前方。

看著他的背影，我卻有股陌生感。

「喂，到哪去？」

我問。
「去找亞久亞。」
創也頭也不回地說。
「堀越美晴如果知道，她會哭吧。」
創也轉身。
「沒有其他用意，拜你之賜不能吃早餐，去找亞久亞要點吃的。」
「不一定要找亞久亞啊。」
創也食指搖了搖。
「村子裡只有亞久亞、『廢墟愛好者』金田先生和『幽浮研究者』森脇先生。你會選擇去誰那兒吃飯？」
我想。
到金田先生那，肯定在廢墟內吃飯。找森脇先生就是帳篷。他們兩人會不會燒菜不知道，當然，亞久亞對煮飯拿不拿手也不明確。
我心中的天平，一端是亞久亞，另一端則為森脇和金田先生，天平剎那間倒向亞久亞。
「去亞久亞那。」
我的答案，使創也不住點頭。

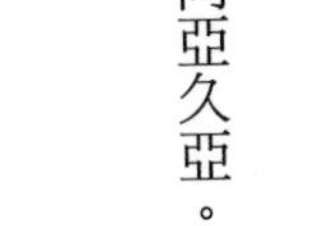

「That's right！既然有了共識，閉上嘴巴跟我來。」

說完，創也背朝我向前走。

亞久亞正在打掃神社的石階。

「早安。」

我們打聲招呼，亞久亞穿著巫女的妝束，點頭回禮。

「早安，你們起得真早。」

「其實我們沒吃。」

我想解釋，創也卻阻止，

「亞久亞，妳吃過早餐了嗎？」

「嗯。」

「是喔。」

創也沒再提早餐的事。

我以手肘頂頂創也，示意他快點說。

「她若是尚未吃早餐，我才好意思說：『請讓我們與妳一起用餐。』然而，她已經吃過，我怎能厚臉皮跟她要東西吃，忍耐一下。」

「……」

被那麼一說，我只好安靜。（肚子開始咕嚕作響……）

「你知道昨晚發生爆炸嗎？」

創也問，話題徹底遠離早餐。

「知道，發出好大的聲音與震動。可是，爆炸地在風神屏風那個方位，我沒過去看。」

「為什麼？」

「從小，大人就告誡我們，不可以到屏風岩。」

「那裡確實滿危險。」

我猛然冒出一句話，不這麼做，創也與亞久亞會沉浸於兩人世界。

「你們去過？」

我們點頭，亞久亞很是驚訝。

「不危險嗎？」

「嗯，好像有個飛行物掉落，當時現場還有四個人。」

「爆炸的原因，是那飛行物墜落的關係？」

「恐怕——」

「究竟是什麼掉下來？」

「……這個？」

創也臉上滿是困惑。

「亞久亞，你相信飛碟的存在嗎？」

創也的疑問，亞久亞垂下眼皮搖搖頭。

「但，倘若真的有也不錯。」

亞久亞微笑，很淒涼的笑容。

我能想像。

現在村子裡有栗井榮太，也有我們。然而當遊戲一結束，亞久亞又會是一個人。

一個人繼續住在塀戶村。

「不寂寞嗎？」

我問，亞久亞沉默不語，手輕撫嘴角。

「接下來要去哪？」

告別亞久亞後，我問。

我背上背著個風呂敷，裡面裝有亞久亞匆忙間為我們捏的飯糰、包裝茶及蚊香。

「墜落現場。」

創也答。

「森脇先生那兒早已去過，而金田先生住的廢墟，目前仍不知所在位置。一直在原地徘徊，遊戲無法繼續進行。」

創也拿地圖出來。

「選擇到現場才正確。」

白天森林道路比起夜晚好走得多。（但創也仍然跌跌撞撞，為何？）來到懸崖邊，站在跟昨天同一個地方俯瞰風神屏風。

飛行物體的殘骸，只剩黑色餘燼。

找不到走下懸崖的最佳途徑，該如何下去呢？

環顧四周，發現樹上纏繞許多藤蔓。

這時，腦內助理直子小姐現身。

「老師，今天要教大家做什麼？」

「今天因為有不少藤蔓，我想試著利用它。」

我將收集來的藤蔓給直子小姐看。

「哇，材料正新鮮。」

「直接使用也可以，但今天要向高難度挑戰。」
我掏出一把小刀，削掉藤蔓的外皮，取出纖維。
掛上樹枝，我和直子小姐分持藤蔓的兩端。
「請向右邊扭轉。」
我囑咐直子小姐。
我也向右扭。
「把它從樹枝上拿下來後，藤蔓會相互扭轉在一起。」
直子小姐見狀，立刻接著說：
「需要粗繩時，請將扭在一起的繩子再度互扭。」
「做啥？」
我邊碎碎唸邊製作繩索，創也充滿疑惑地問。
創也一出聲，直子小姐慌張地逃跑。
我把完成的繩子讓創也看。
「你看，使用這個即可輕鬆降落。」
「……沒有竹蜻蜓嗎？」
「……」

內藤內人的
三分鐘
快速上好菜
①
用小刀削皮
②
把兩端都順
時針捲一捲
③
然後就完成
材料：
藤蔓

別吵！

我們降下懸崖，抬頭往約十五公尺高的裂縫看。

有顆岩石在腳邊滾動，大小約雙手可以環抱，就是這顆石頭堵住裂縫。

「內人，你又在搞什麼？」創也問。我準備將繩子上拋與樹枝結合。

「看了不就知道，沒有繩子爬不到上面。」

說完，創也轉頭。

「你也用眼睛看一看，幹嘛特地使用繩子，走這條路不就得了？」

定睛一看創也手指的地方，岩壁到處都有突出物，宛若一條道路。

「……」

我看著手中無用武之處的繩子。

「『終極ＲＰＧ——ＩＮ塀戶』只能算普通級，這種事先布置好的路，一點都不有趣。」

創也聳肩。

「請勿以自己的標準來衡量別人，如果不弄條路的話，幾乎沒有人爬得上去。」

我們爬著專用道路，前往裂縫處。為了保險起見，繩索還是帶在身邊。

寬約一公尺、高約三公尺左右的裂縫裡面伸手不見五指。

「電源開關在哪？」

我一問，創也冷哼。

「栗井榮太還沒周全到那種程度。」

「手電筒呢？」

「沒帶。」

是是。

我解開風呂敷，取出包裝茶，開始吃起飯糰。

等一下進到裂縫中，不曉得會發生什麼事，趁現在趕快吃。

兩個人合力平分那盒茶。

茶喝完後，攤開空紙盒，去除裡面的水氣。

撿來一根木棒，仔細摺疊好的紙盒，夾住木棒前端，再用藤蔓纏繞固定。

這樣一來，簡單的照明工具就完成了。

創也邊看我做，忍不住嘆了口氣說：

「『終極ＲＰＧ——ＩＮ塀戶』結束後若有檢討會，我要請他們加強照明設備。世上有多少人，能夠利用現成的材料，迅速弄個火把出來。」

我對創也的言語充耳不聞，打算點燃火把。

「耶？」
找找風呂敷，竟然沒有火柴。亞久亞備妥蚊香，卻忘了火柴。
「借我一根火柴，打火機也可以。」
朝創也伸手過去，他一個勁地搖頭。
「抱歉，個人沒有抽煙的嗜好，你沒帶嗎？」
「本來想說露宿野外才帶，誰知我們住民宿……」
糟糕！現在鑽木取火太耗時了……
此時，創也伸進襯衫胸前的口袋，表情瞬間一變。
「怎麼了？」
「……」
打開手掌，手上多了個用紙包裹的細長物品。……這什麼東東？
創也拆開包裝紙，原來是百元商店買的打火機，那張紙寫著一句話：
「我猜測可能會發生這種事，先替你們準備，太好了。」
「……真田女史。」
我說，創也點頭。
「這件衣服是上個禮拜社會課校外參觀穿的，那時她就預測到打火機總有派上用場的一天……」

好可怕，真田女史。

踏進裂縫，才發覺裡面其實很寬廣。

足夠兩人並肩同行的道路，斜斜往下延伸。

手試著摸牆壁看看，又濕又冷，比開冷氣的房間還涼。

「應該原本就裂開，然後栗井榮太再自行加工。」

創也冷靜地分析。

專心走路，小心滑倒。

話尚未說出口，創也已經跌倒，真麻煩！

我撿起一塊掉落的石頭，用力搥擊藤蔓，等到藤蔓變柔軟，將它捲在創也的鞋子上。

這樣再滑倒的話，我也沒辦法。

「我還會告訴栗井榮太，道路記得做止滑設施。另外，腳邊也應該裝個燈。」

創也不服輸地說。

再往前一點，來到一個廣場，路也一分為二。

我問創也：

「往左？往右？」

「右。」

「好，走左邊。」

「……」

無視創也的欲言又止，我逕自走向左邊道路。因為我手上有火把，創也不得不跟進。

然而，不到五分鐘，就走到盡頭。

創也得意地笑。

「看來你選錯了喔。」

「哼！」

掉頭走向右邊的路，火把上的火焰輕輕搖晃，此時——

耶？岩壁居然發著亮光，不是因為火把照明的關係。

我用腳踩熄火焰。

「哇，搞什麼！」

突如其來的黑暗，使得創也大喊。

「噓！」

我用手遮住創也的嘴，叫他閉上眼。

「＃＠＆☆？」創也說。我猜他可能是說：「怎麼回事？」

眼睛習慣後，我拿開手，並睜開眼。

「幹嘛，根本看不到。」

創也大肆抱怨。

可是，創也說錯了。定睛一看，岩石與岩石間透出光芒——綠色的光。

我上前瞧瞧。

「！」

「發生什麼事？」

我僵在原地，創也問。

我答不出來，怎麼可能答得出來。

創也把頭靠在我頭上。

透過縫隙，創也身體也僵直。

我們看見的東西，那是——

飛碟的製造工廠。

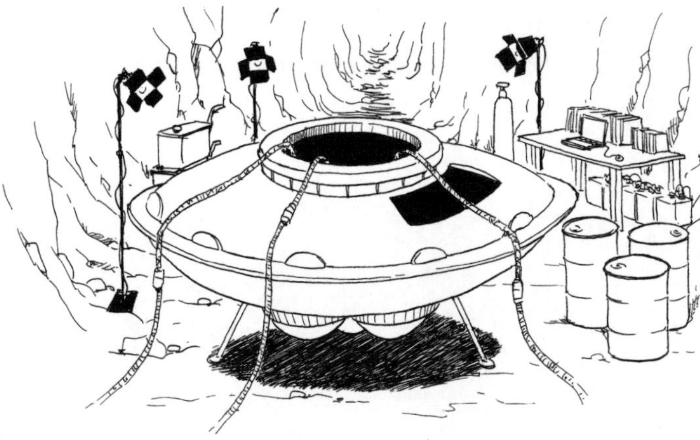

後記

內：「……總覺得在最精采的地方中斷。」

創：「不只那樣，民宿裡經歷那個無重力狀態……」

內：「作者能給個交代嗎？」

創：「說不定以『所有的一切都是外星人搞的鬼』做了結。」

內：「那種白痴的……」

冷汗流過內人的臉頰。

創也拍拍他肩膀。

創：「開玩笑的，安啦。勇嶺薰勉強算是推理作家，無論事情演變得多複雜，身為推理作家，最後一定會好好收尾。」

內：「但，這個作者連『內人』等同『TOMU』的證明過程，也是仰賴讀者。」

創：「……」

這時，作者輕哼著歌，朝他們兩人走近。

作者面對兩人打開風呂敷。
將瑣碎的物品打包進風呂敷——推理小說、MP3、筆記本及鉛筆，仔細地包起來。
內：「太好了，看來似乎有好好收尾的心意。」
內人鬆一口氣，創也從頭到尾冷眼相待。
作者整理好風呂敷，然後，全力向前衝。
創：「不妙！他打算連夜潛逃！」
創也大聲呼叫卓也。
下一刻，作者被卓也綁回來，仍死命地掙扎。
作：「不要錯過喔！」

大家好，我是勇嶺薰。
《都市冒險王⑤進攻！終極ＲＰＧ》上集，大家認為如何？像內人與創也一樣，都在擔心不知作者會不會好好結尾嗎？
各位讀者，請你們放一百二十個心。我也算個微不足道的推理作家。（總之，微不足道——）錯綜複雜的事情，一定會處理完善，我還有這點覺悟。
這次，「終極ＲＰＧ——ＩＮ塀戶」以深山為舞台。老實說，當初我一直苦惱要不要這麼

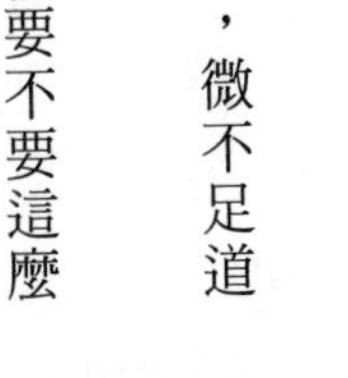

做。在山上，內人將所向無敵，找不到適合的角色當他的對手。於是，決定讓內人和創也與外星人的高度科學文明一決高下。

讀到這裡，您可能會發現，這一集實在又臭又長。一次把它讀完，需要相當的體力和精力。還有，買下集的財力。（令我想起以前香煙外包裝的那句警語「因為有可能損及您的健康，請不要『讀』過量」）

為什麼會變得如此長？都是神宮寺和公主的錯。

本來「終極ＲＰＧ——ＩＮ塀戶」要以郊外民宿為舞台，佔個小篇幅。在內人與創也的冒險間，悄悄放入的短篇——原來打算如此。

結果那兩個人，

「喂喂，栗井榮太不可能創作無趣的遊戲。」

「總之，篇幅給我弄大一點！」

氣勢高漲下，事情遂演變至此。有任何不滿，只管找那兩個人。

一次讀完真的很累，請大家忍耐到最後。

這本書裡稍稍讓我小小自豪的一點。我這次有嚴格遵守截稿時間，作家常常會辦出版紀念派對，我倒想辦個「遵守截稿期限，太了不起」的派對。

下一集裡，「終極ＲＰＧ——ＩＮ塀戶」的真相將逐步顯露。

當各位得知真相時，我非常期待大家驚訝的反應。到那時或許就能理解，栗井榮太之所以稱為「傳說中的遊戲創作者」，他們了不起之處。那我們就在《都市冒險王⑤進攻！終極ＲＰＧ》下集再會囉！

下一集中，還有番外章之番外章的「女神算」喔。

再會！

Good night, and have a nice dream.

國家圖書館出版品預行編目資料

都市冒險王/勇嶺薰 著;西炯子 圖;李慧珍 譯.
-- 初版. -- 臺北市：皇冠, 2010.02- 面；公分. --
(皇冠叢書;第3946種 YA！；029)
譯自：都会のトム&ソーヤ⑤
ISBN 978-957-33-2441-6 (第1冊；平裝)
ISBN 978-957-33-2450-8 (第2冊；平裝)
ISBN 978-957-33-2509-3 (第3冊；平裝)
ISBN 978-957-33-2561-1 (第4冊；平裝)
ISBN 978-957-33-2629-8 (第5冊:上；平裝)

861.57 99001146

皇冠叢書第3946種
YA！029

都市冒險王⑤
——進攻！終極ＲＰＧ(上)

都会のトム＆ソーヤ⑤ INVADE (JOU)

作　　者—勇嶺薰
插　　畫—西炯子
譯　　者—李慧珍
發 行 人—平雲
出版發行—皇冠文化出版有限公司
台北市敦化北路120巷50號
電話◎02-27168888
郵撥帳號◎15261516號
皇冠出版社(香港)有限公司
香港上環文咸東街50號寶恒商業中心
23樓2301-3室
電話◎2529-1778 傳真◎2527-0904
出版統籌—盧春旭
責任編輯—許婷婷
版權負責—莊靜君
外文編輯—蔡君平
美術設計—黃惠蘋
行銷企劃—周慧真
印　　務—陳碧瑩
校　　對—鮑秀珍・熊啟萍・許婷婷
著作完成日期—2007年
初版一刷日期—2010年2月

法律顧問—王惠光律師

讀者服務傳真專線◎02-27150507
電腦編號◎515029
ISBN◎978-957-33--2629-8
Printed in Taiwan
本書特價◎新台幣199元/港幣67元